KB037266

인어의 꿈

인어의 꿈

정담아 장편소설

OTD

차례

프롤로그

검고 푸르다. 어둡고 빛난다. 슬프고 찬란하다.

짙은 어둠 속을 유영하는 하얀 빛무리가 보인다. 눈부신 어둠 속에서 움직임을 잠시 멈춘다. 은하수. 실제로 마주한 적 없는 그 단어를 머릿속에서 한참을 굴려본다. 은하수는 저토록 찬란하게 빛나는 존재일까. 아니면 우리 생에 침투해 서서히 숨통을 조여오는 위험한 존재일까. 이제 답해줄 수 있는 어른들은 없다. 어쩌면 둘 다일지도 모른다. 멀리서 바라볼 땐 탄성을 자아내지만, 실은 절규를 토하게 하는 저 미세 플라스틱처럼.

알게 뭐람. 중요한 건 이렇게 한눈팔 시간이 없

다는 사실이다. 매번 볼 때마다 속절없이 넋을 잃는 게 한심하다. 이래서야 저 먼 곳에 잘 적응할 수 있을까. 제대로 도착이나 할 수 있을까. 잡생각을 떨치기 위해 힘껏 꼬리를 흔든다. 더는 꾸물거릴 시간이 없다. 새로 둥지를 틀 곳을 찾아 이제 떠나야 한다.

1부

멀리서 불빛이 꿈틀댔다. 희미하지만 또렷한 움직임이었다. 잘게 흩어진 하얀 너풀 사이에 숨겨진 몸이 느릿하게 다가왔다. 누구지? 아주 기다란 몸을 배배 꼬며 다가오는 관해파리 아레나였다. 옅은 살구빛 심지를 중심으로 촘촘하게 엮인 투명한 물결같은 몸이 잔잔한 물살에 휘날렸다. 분명 익숙한데 묘하게 낯선 느낌이었다. 평소보다 더 휘황찬란하게 몸을 휘감아 돌렸다. 손을 뻗어 유연한 그의 몸을 쓰다듬었다. 손끝에서 느껴지는 감각도 비슷했다. 낯익지만 서걱거리는. 부피감 없는 얇은 몸에서 힘없는 탄성이 느껴졌다. 일렁이는 수많은 너풀마다 매달려 있던 불빛을 확인해 보았다. 반짝거렸다. 안도의 한숨이 나왔다. 다행이었다. 그래도 빛을 잃은 게 아니라면 아직은 괜찮다는 얘기니까. 문제는 그다음에 만난 아이였다.

멀리서도 제 존재를 드러내는 데 거침없는 친구였다. 속이 훤히 비치는 제 몸통에 주변을 통과시켜 버리거나 아예 어둠 속에 들어가는 방식으로 자신을 지워버리는 애들과는 다른 녀석이었다. 조금 더 공격적인 방식으로 자신을 지켜내는 쪽을 선택하곤 했다. 투명한 몸 안에 품고 있는 작은 빛을 환하게 밝혀 먹이와 짝을 찾고, 친구의 얼굴과 마주하고, 적을 교란시켰다. 그런 점이 좋았다. 종종 어른들이 방정맞다고 말하는 자체 발광 불빛이 부럽기도 했다. 나를 발견할 때면 유난히 더 깜빡거리고 환하게 비치던 빛이었다. 그런데 윤이 나던 그 반짝임이 좀 이상했다. 힘을 잃고 비실거렸다. 장난스럽게 감았다 뜨는 불이 아니었다. 불빛이 사라졌다 다시 나타나는 시간 사이 공백이 길었다. 이상한 건 몸에서 뻗어 나오는 빛 에너지뿐만이 아니었다. 애초에 빠릿한 편은 아니었지만, 유난히 동작도 굼떴다.

대체 무슨 일이야?

나도 모르겠어. 그냥 기운이 좀 없네.

소리도 희미하게 느껴졌다.

깜빡깜빡, 깜─빡, 까암─박, 가아아암─바악.

힘차게 뛰던 빛의 속도가 느리게 펼쳐졌다. 그
러다 영영 녀석의 몸이 그저 투명한 채로 사라질 것
같았다. 어디에 있는지 찾을 수조차 없게 깜깜한 바
닷속 어둠으로 자취를 감출 것만 같았다. 문득 겁이
났다. 당장 그곳에 가봐야 할 것 같았다. 이 지역에
서 유일하게 태양 빛이 허락된 그곳에.

하늘이 쏟아내는 빛은 해수면에 닿으면서 조
금씩 부서진다. 붉은 기를 잃고, 노란빛이 희미해
지고, 초록을 상실하고 푸른색마저 녹아버린다. 결
국 내가 사는 공간까지 태양은 도달하지 않는다. 하
지만 그곳만큼은 희미한 빛이 닿는다. 이유는 알 수
없다. 그래서 대대로 신비하고 신성한 공간으로 여
겨지는 광장이자 나의 아지트이기도 하다. 대개 정
적과 고요가 지배적인 이 세계에서 가장 생동감이
넘치는 곳. 오묘한 색을 품고 보글보글 올라오는 물

방울이 한두 개씩 보이기 시작하면 가까워졌다는 뜻이다. 꼬리를 더 힘차게 움직인다. 담백하게 펼쳐지는 빛의 장막을 통과한다. 몸을 감싸는 물에서 아주 엷은 온기가 느껴진다.

알록달록한 옷을 입고 있는 어류, 온몸을 흔들어 춤추는 수초들이 보였다. 처음 보는 풍경도 아닌데 또다시 넋을 놓고 말았다. 속절없이 아름다웠다. 스치면 그대로 물들어 버릴 것만 같은 쨍한 색감도, 하나의 이름을 붙일 수 없을 만큼 다채로운 빛깔도 단색인 이 세계에 함부로 불경한 색을 던졌지만 그래서 황홀했다. 자신만의 색으로 몸을 꼼꼼하게 채운 생명체가 가득한 곳은 이곳뿐이었다. 거침없지만 정교한, 유창하지만 무해한 풍경에 아득해졌다. 소렌이 아니었다면 한참 동안 그저 들여다보는 데 정신이 팔렸을지도 몰랐다.

여기서 뭐 해?

처음엔 잘못 들었나 싶었다. 요즘엔 음파가 여기저기 걸려 원거리의 소리가 잘못 수신되기도 하니까. 그만큼 광장은 대부분 걸음을 하지 않는 공간이었다. 공식적인 행사가 아니고서야 누구도 마주친 적이 없었다. 그건 소렌도 마찬가지인 눈치였다. 뭐라고 말해야 할지 조금 망설였다. 사실 요즘 들어 젊은이들 사이에 이 광장의 신비와 신성화에 대해 의문을 제기하는 기류가 퍼지고 있었다. 다만, 전통으로 굳어진 무언가를 깨기 위해선 아주 견고한 논리와 새로운 믿음이 필요했기에, 그저 참고 따를 뿐이었다. 소렌이라면 개인적인 친분이 있는 건 아니었지만 가끔 공식 행사에서 스쳐 지나거나 건너 건너 이름을 들어본 적이 있었다.

어? 너는 무슨 일이야?
뭐 좀 확인하러.
…확인?

혹시, 하는 마음이 스쳤다. 하지만 더 물을 기회는 없었다. 소렌은 이미 빠르게 사라진 뒤였다. 서운하진 않았다. 어차피 목적지가 같을 거라는 생각이 들었으니까. 예감은 틀리지 않았다.

너도 이거 보러 온 거야?

예상하지 못한 척 괜스레 말을 걸었다. 소렌은 슬쩍 시선을 돌리더니 살짝 고개를 끄덕일 뿐이었다. 뭐야? 이번엔 조금 기분이 상했다. 기본 예의를 갖추지 않은 상대라면 나 역시 길게 말을 섞고 싶지 않았다. 소렌을 스쳐 목적물에 조금 더 가까이 다가 갔다. 산호초. 마지막으로 봤을 때는 긴가민가 했었 는데 확실히 변화가 생겼다. 선명하게 알록달록하 던 붉고 푸르고 노란 기가 전부 흐릿해졌다. 매끈하 던 표면도 끈적한 게 묻어났다. 탁하고 끈끈한 무언 가가 이곳을 전부 뒤덮은 기분이 들었다.

혹시 오면서 어류 떼, 봤어?

별로 대화를 하고 싶진 않았지만 소렌의 질문 에 귀가 번뜩한 건 사실이었다. 허전한 느낌이 바로 그거였다.

어. 근데… 생각해 보니까 몇 마리 없었어.

내가 놓친 게 아니었구나.

저기 저 모퉁이 돌 때는 엄청 바글바글했잖아. 그치?

맞아. 혹시 내가 위치를 잘못 기억했나 싶었는데 아니었구나.

같은 곳을 바라보던 우리의 시선이 얽혔다. 소렌도 이곳의 변화를 감지하고 있었다. 혹시나 했던 마음에 확신이 생겼다. 나는 빛을 잃어가는 친구 이야기를 했다. 소렌도 비슷한 경험을 꺼냈다. 투명한 몸을 가진 소렌의 친구는 기분이 좋을 때마다 오렌지빛 내장이 더 빠르게 팔딱였다. 고요한 어둠 속에서 움직이는 주홍빛 생기를 볼 때마다 묘한 안도감이 들었다고 했다. 그런데 시리게 빛나던 그 붉은 광이 제멋대로 뛰다가 결국 폭발하고 말았다. 그 얼룩이 손등에 뛰었는데, 너무 서늘해서 깜짝 놀랐다고 소렌이 중얼거렸다.

그때가 처음이 아니었어.

응?

생각해 보면 그 전부터 시들어 갔어. 원래 주황색이 더 진했거든.

그러니까, 전조 증상이 있었던 거야?

어. 이 산호초처럼. 점점 죽어간 거야. 난 그것도 몰랐어. 어쩌면 모른 척했던 거일지도 모르지…

소렌의 소리가 희미해졌다. 오늘 스친 친구의 불빛을 떠올렸다. 더 옅어졌던가. 희미해졌던 것 같았다. 덜컥 겁이 났다. 더 이상 모른 척해서는 안 될 것 같았다.

죽게 내버려 둘 수 없어.

소렌도 고개를 끄덕였다. 우리는 당장 로빈에게 달려갔다. 이 지역 인어 중 그 누구도 로빈이 얼마나 오래 이 세계에 존재했는지 알지 못했다. 다만, 확실한 건 그가 이 지역 모든 인어가 나고 자란 순간을 전부 지켜봤다는 사실이었다. 그런 로빈에게 신비 광장 산호초의 이상 반응을 보고하는 건 너무도 자연스러운 일이었다. 우리의 이야기를 조용히 듣던 로빈은 꽤 오랫동안 지그시 감았던 눈을 느리게 떴다.

상황이 많이 안 좋아졌구나.

이미 산호초의 변화를 감지하고 있던 로빈도 상황을 지켜보는 중이었다. 로빈이 존재하는 동안 그 생명체는 변화를 반복했기에, 스스로 돌아오길 기다렸다고 했다. 산호초가 이상 신호를 보내올 때마다 더 분주하게 움직였고, 그런 의례를 치르고 나면 산호초는 서서히 제 모습을 찾곤 했다. 요즘 들어 모임을 더 자주 소집하고, 툭하면 청소 모드에 돌입했던 것도 그런 이유였다. 어쩐지 독가스를 삼켜내는 영양체들이 유연한 빨대 다발 같은 신체를 더 활발하게 움직였고, 바닥에 붙어 있는 풀들은 오염 물질이 뿜어내는 나쁜 공기를 힘껏 흡수했다. 바다에 뿌려진 쓰레기를 분해하는 속도에 박차를 가하는 애들도 있었고, 인어들은 더 열심히 헤엄치며 고요한 심해에 빠른 유속을 만들어 냈다. 그렇게 대대로 지켜온 바다였다.

…아무래도 한계에 다다른 것 같구나.

로빈이 말한 한계가 이 바다를 의미하는 건지, 바다에 살고 있는 우리의 운명을 가리키는 건지 조금 헷갈렸다. 어쩌면 로빈 자신을 향한 말일지도 모른다는 생각이 들었다. 항상 크고 단단하게만 보였던 로빈의 팔과 목덜미, 옆구리 부근에 울긋불긋하게 올라온 반점들이 보였다. 소렌의 친구가 터졌을 때 뿜어냈을 것만 같은 흐리멍덩한 색, 신비 광장에서 소렌과 함께 목도한 초조한 색이었다. 물과 직접 닿아 있는데도 이상하게 로빈의 피부가 말라있다는 생각이 들었다.

로빈과 비슷한 인어가 늘어났다. 얼룩덜룩한 반점이 올라온 인어도 있었고, 호흡곤란을 호소하는 인어도 있었다. 어릴수록 오염 저항도가 높은 유전자로 진화한 덕인지 그런 질병은 주로 중년층 이상에 많이 나타났다. 그렇다고 젊은 층이 멀쩡한 건 아니었다. 젊다는 건 자주 배가 고프다는 것이고, 매 순간 들끓는 수많은 욕망을 누를 만큼의 인내를 아직 배우지 못했다는 의미니까. 점점 먹을 게 줄어들다 보니 아무거나 집어삼키는 어린 인어가 많아졌다. 먹이를 찾아 낯선 곳에서 뭣 모르고 작은 플라스틱을 삼켜 목에 걸리거나, 내장 기관 어느 부근에서 요동치는 이물질에 고통을 호소하다 죽어갔다. 그건 다른 생명체도 마찬가지였다. 미세 플라스틱을 삼킨 작은 생명체들이 시름시름 앓다 죽어갔다. 죽지 않고 살아남은 것들을 집어 삼킨 인어들도 고통을 호소했다. 원인에 대한 의견은 분분했다. 분명하게 모이는 것은 단 한 가지. 더 이상 이곳에서 살 수 없다는 사실이었다. 동서남북 어느 방향으로 얼마만큼 이동해야 할지를 두고 고민하던 차에 아주 비관적인 의견이 나왔다.

다른 바다도 상황이 크게 다르지 않은 것 같아요.
맞아요. 다들 우리랑 별 차이 없는 것 같아요.
설령 지금은 괜찮다고 해도 앞날을 장담할 수 없고요.
아예 육지로 가는 건 어때요?
그게 말이 된다고 생각해요?

말이 안 될 건 또 뭐람. 누군가가 던진 마지막

물음에 나는 고개를 끄덕였다. 먼 발치에 떨어져 있던 소렌의 고개도 위아래로 움직였다. 어쩌면 우린 동시에 같은 이름을 떠올렸을지도 모른다. 모건. 인간 세계를 최초로 탐험한 인어. 모건이 계속 인간 사회에 머물고 있다는 소리도 있고, 육지에 학을 떼고 바다로 되돌아왔다는 이야기도 있으며, 이곳으로 돌아왔지만 결국 그곳을 그리워하며 다시 떠났다는 말도 있다. 어떤 게 진실인지 알 수 없었지만 사실 내가 궁금한 건 결론이 아니었다. 만약 모건을 만난다면 묻고 싶었다. 육지 생활은 어땠는지, 당신이 고른 선택의 이유는 육지인지, 인간인지. 당신이 증오했거나 그리워한 건 무엇이었는지를.

정확한 맺음 없이 흐지부지 끝나버린 회의를 마치고 로빈이 나와 소렌을 불렀다. 육지와 인간에 대한 정보를 수집할 수 있냐는 제안이었다. 은밀하게. 로빈이 뱉은 모든 단어가 나를 설레게 했다. 육지, 인간, 정보, 은밀…. 이미 오케이를 크게 외치는 나와 달리 소렌은 침착했다.

이유를 물어봐도 될까요?

의견이 갈려서 섣불리 움직이는 건 조심스럽지만 아무래도 준비는 해야 할 것 같아.

무슨 준비요?

이주할 준비. 육지로. 물론 다른 바다 상황도 알아볼 거야. 하지만 만에 하나…

네, 무슨 뜻인지 알았어요. 조금 더 생각할 시간을 주세요.

도대체 무슨 생각을 한다는 걸까? 이곳을 떠나는 게 슬퍼서 이주하고 싶지 않은 건가? 아니면 은밀하게 수행할 자신이 없나? 소렌의 대답은 의외였다.

난 인간이 싫어.

소렌은 바다를 이 지경으로 만들어 놓은 건 전부 인간 때문이라고 했다. 그런 인간들과 함께 살 생각을 하면 속이 부대낀다고 했다.

그래도 모건은 인간 세상이…

그 거짓말을 믿어?

너도 전부 믿는 거 아니었어? 신비 광장에도 왔었잖아.

아니, 난 안 믿어. 육지, 인간 전부. 내 눈으로 본 것만, 그것만 믿어.

같은 곳을 보는 친구라 생각했는데, 서로 반대편을 바라보고 있었다는 사실이 조금 슬펐다. 서운함을 느끼는 내 마음에 놀랐다. 주변에 많은 존재들이 시름시름 앓거나 사라지니 자꾸 아무한테나 마음을 쉽게 주고 기대는 것 같았다. 다시 마음을 다잡겠다고 스스로를 여미는 동안 수상한 움직임이 감지됐다. 위를 올려다보았다. 아주 커다랗고 묵직한 물체가 수직으로 하강하고 있었다. 속으로 쾌재를 외쳤다. 오랜만에 대왕고래가 하나 걸려들었구나, 저거 하나면 우리 전부 잔치를 할 수 있겠다. 인어를 비롯한 어류와 벌레, 조개와 세균들이 전부 들러붙어 조금씩 갉아 먹을 생각을 하니 벌써 배가 불러오는 것 같았다. 재빨리 주변에 음파를 보내며 부지런히 그것에 가까이 다가갔다. 일단 나를 덮친 허기부터 채워야 했다. 소렌은 어느새 앞서 걷고 있었다. 가까이 다가갈수록 이상한 느낌이 감지되었다.

고래가 풍기는 냄새가 아니었다. 바다에서 나고 자란 이들에게만 배인 짭쪼름한 향도, 생명만이 품은 고소하고 풍성한 냄새도 없었다. 낯선 냄새였다. 반듯하고 직선적인 냄새. 차갑고 딱딱했다. 갑자기 지독하게 환한 빛이 터져나왔다. 너무 강렬해서 눈을 뜰 수 없었다. 잠시 아찔해하는 사이 무언가가 손을 낚아챘다. 다행히 익숙한 감각, 소렌이었다. 소렌 덕에 재빨리 빛을 피해 바위 뒤로 숨어들었다. 쫓아오던 불빛은 우리를 놓친 것 같았다. 갈피를 못 잡고 이리저리 사방을 훑었다. 안도할 새도 없이 우리는 빠르게 주변에 다시 송신했다.

가까이 오지 마. 고래가 아니야.

그때, 쇳덩이에서 나오던 불빛이 더 사정없이 움직였다. 무슨 말을 더 하려고 할수록 쇳덩이가 분주하게 반응했다. 아무래도 우리의 대화도 감지하는 것 같았다. 아무런 소리도 내지 않고 그대로 조용히 있었다. 쇳덩이에 작게 난 구멍이 보였다. 투명한 무언가가 있는 듯한 걸 보니 정확히 말하면 구

22

멍은 아니었다. 그 사이로 움직이는 게 보였다. 인
간인가? 인간이라면 나와주길 바랐다. 숨을 참고
기다렸다. 인간이 싫다던 소렌도 잠자코 쇳덩이에
시선을 고정했다. 물론 노려보는 것 같았지만. 한참
동안 주변을 서성이던 쇳덩이는 얼마 후 그대로 올
라갔다. 너무 아쉬웠다. 나만 그런 건 아닌 것 같았
다. 수많은 감정이 뒤섞여 혼란스러운 듯한 소렌의
눈동자가 말했다.

가보자, 육지. 가보고 싶어졌어.
좋아. 그럼 이제 인간이 안 싫어진 거야?
그건 아니야. 우릴 염탐하려 온 거잖아. 우리도 가야지.
그냥 궁금한 거일 수 있잖아. 대체 인간이 왜 싫은데?

대답 대신 소렌은 내 손을 잡아끌어 로빈이 머
무는 곳으로 방향을 틀었다. 또 내 말을 무시하는
건가 싶어 분노가 올라오려는 순간, 소렌이 입을 열
었다.

엄청 커다란 그물이 낮게 내려와서 마을 전체를 통째

로 삼켜갈 때가 있잖아. 알지?

알다마다. 나는 고개를 세차게 끄덕였다.

저인망 어선 때문에 주변이 전부 초토화된 지 얼마 안 된 날이었다고 했다. 그럴 때면 언제나 그렇듯 너무 배가 고픈 날이기도 했다. 당장 얼마 전까지 같이 웃고 떠들던 이웃이나 친구가 사라졌는데 그 슬픔보다 배고픈 고통이 더 크게 다가온다는 사실에 견딜 수가 없었다고 했다.

너무 비인어적이지 않아? 근데 어쩌겠어. 산 것들은 살아야지.

소렌의 눈이 너무도 슬퍼 보였다. 살기 위해서 살아남은 자들과 함께 수면 가까이 올라갔다고 했다. 먹을 걸 찾으려고 자꾸만 위로 올라갔는데, 지금 생각하면 왜 그렇게까지 위로 올라갔나 싶다고 했다. 옆으로 가도 되는데 자꾸만 해수면 쪽으로 간 게 진짜 먹이가 보이지 않아서인지, 아니면 애초에 육지에 가까이 가고 싶다는 욕망 때문인지 소렌은 여전히 알 수 없다고 했다.

　　물론 그렇다고 인간이 보고 싶다는 건 아니야. 복수를 하고 싶다면 몰라도.

　　복수라는 말이 그렇게 슬프게 느껴지긴 처음 이었다. 붉은 피로 물든 줄 알았는데 새까맣게 타버려 재로 겨우 쓴 단어였다. 그때 누군가의 비명이 들렸다고 했다. 소렌이 정신을 차리고 주변을 둘러보니 어린 녀석 하나가 덫에 걸려 바둥거리고 있었다. 언제나 그랬듯 한번 입을 다문 덫은 목표를 쉽게 놓아주지 않았다. 발버둥 칠수록 날카롭고 단단한 물체가 깊이 그의 몸속으로 파고들었다. 푸른 빛에 붉은 서늘함이 진하게 번져가는데 소렌은 할 수 있는 게 아무것도 없었다. 처음엔 다급함에 덫에 걸린 아이를 다짜고짜 잡아 뺐지만, 울부짖으며 고통을 호소하는 소리에 깜짝 놀라서 손을 놓았다. 그러다 또 번져가는 피를 보면 애를 잡았다.

　　그렇게 잡았다 놨다만 반복했어. 바보 같이.

비명조차 지르지 못하는 그 애를 보면서 뒤늦게야 정신이 들었다고 했다. 소렌은 목표를 수정했다. 줄을 끊어내자고. 몸에 깊이 박힌 건 빼낼 수 없겠지만 그 몸이라도 건져내자고. 최대한 송곳니를 세워 물어뜯고, 꼬리로 줄을 사정없이 내려쳤다. 자꾸만 올라가는 줄에 안간힘을 써서 매달렸다. 힘이 자꾸 달려왔는데 수면에 가까워질수록 인간의 상기된 콧노래에 정신이 번쩍 들었다. 고통에 신음하다 그 소리조차 내지 못하는 친구와 달리 인간들 목소리엔 환희가 매달려 있었다. 온 힘을 다해 결국에 줄을 끊었다. 아래로 가라앉는 몸을 안았다.

…너무 무서웠어.

소렌은 숨을 헐떡거리며 죽어가는 몸속에서 차가운 쇳덩이를 꺼내려고 했는데 잘 안되었다. 빼내려고 할수록 그 애를 고통스럽게 하는 것 같았다. 결국 온전히 숨이 멈췄을 때야 빼냈는데 이상하게 피로 물든 그 쇳덩이는 차가웠다. 물의 냉기보다도. 분명 인어의 피에는 온기가 느껴진다고 들었는데 말이다. 네가 착각한 거 아니냐는 말은 차마 할 수 없었다. 나는 아직 그런 비극을 직접 목격하진 못했으니까. 물론 비슷한 이야기를 들어본 적은 있었다. 아직 인간에게 포획된 인어는 없었지만, 인간에게 잡혀가는 해양 생명체는 많았으니까. 하지만 자연 생태계에서 강자가 약자를 잡아먹는 먹이 사슬은 언제나 존재한다고 생각하는 편이었다. 그 법칙을 부정하면 우리가 잡아먹는 생명체들 전부 우리에게 독한 마음을 품을지 모를 일이다. 하지만 직접 누군가의 죽음을 목도 했다면 마음이 달라질 수 있겠지. 인간에 대한 소렌의 생각은 강경했다. 꽤 오래전부터 인어의 개체 수가 감소한 것도, 인어들 사이에 알 수 없는 질병이 퍼지는 것도 전부 인간 때문이라고 했다. 그들이 버리는 수많은 쓰레기와 오염 물질 탓이라고.

언제부턴가 아기 인어들이 태어나면 아주 크게 축하를 벌이는 건 사실이었다. 물론 먹을 게 없어 그 어린 것이 살아남는 일 또한 문제긴 하지만. 아무튼 인어들이 새 생명을 수정하는 것조차 힘들고, 겨우 착상이 되었다고 하더라도 태아가 온전히 모체 밖으로 나오기 드문 게 요즘 현실이었다.

　　우리 막내도 그랬어. 엄마의 자궁 속 작은 바다가 생의 전부였던 거지.

　　소렌의 연이은 고백에 정신이 아득해졌다. 그애 마음속에 품은 슬픔을 가늠할 수 없었다. 이유는 알 수 없지만 소렌의 막냇동생은 엄마의 몸을 빠져나와서 숨을 쉬지 않은 채 검은 물속을 배회했다고 했다. 아주 어려서 소렌은 무슨 일이 일어났는지 그땐 몰랐다. 그저 엄마가 아프구나, 힘들구나, 그 정도만 막연히 느꼈다고 했다. 엄마 때문에 조금은 슬펐지만 그뿐이었다. 생명이 멈춘다는 게 뭔지 와닿지 않았으니까. 게다가 소렌은 동생의 존재를 단 한 번도 느껴본 적이 없었다. 그러니 상실도 소렌의 몫은 아니었다.

　　그런데 방금까지만 해도 함께 이야기를 나누고, 체온을 나누던 존재가 갑자기 사라진 거야. 한순간에. 아주 고통스럽게. 나 때문에. 아니, 인간 때문에. 전부 인간 때문이야. 내 동생이 사라진 것도, 그 애가 처참하게 죽은 것도. 그래서 싫어, 인간이.

무슨 말을 해야 할지 모르겠다. 다행히 소렌이 말을 이어가 주었다.

너는 본 적 있어? 죽어가는 거.

나는 고개를 저었다. 소렌은 다행이라고 했다. 인간에 대한 증오는 하나면 충분하다고. 그리고 물었다.

그럼 너는 왜 가려는 거야? 인어들을 구하려고?

내가 육지에 가고 싶은 이유는 그런 숭고한 마음이 아니었다. 그저 궁금했다. 이 답답하고 어두운 세계 너머 다른 세계가. 고래 같은 쇳덩이를 만들어 보내는, 모건 전설에 등장하는 인간이 보고 싶었다. 대체 어떤 존재일까? 모건 전설에 의하면 우리와 조금 비슷한 구석이 있다고 하던데. 어떤 부분이 같고, 어떤 부분이 다를까? 그런 상상만으로 심장이 빠르게 움직였다.

우리가 주로 간 곳은 해수면에서 가까운 산호초 섬이었다. 가는 길이 꽤나 멀었지만 지루하지는 않았다. 난생처음 보는 생명체들을 구경하는 것도, 힘이 빠질 때마다 소렌과 하는 내기 헤엄도 재밌었다. 육지와 가까운 산호초 섬은 심해에 있는 신비 광장만큼은 아니었지만 아름답게 기이한, 단단하고 울퉁불퉁한 산호초가 볼만했다. 하지만 생각보다 표면이 쉽게 부서졌다. 가까이서 보니 색도 선명하지 않았다. 이곳도 우리 지역처럼 오염되고 있는 걸까? 소렌은 쌤통이라고 말했지만 나는 어쩐지 조금 슬펐다. 어딘가엔 예전의 신비 광장 같은 공간이 살아 있길 바랐다.

무언가 다가오는 소리에 산호초 뒤로 몸을 숨겼다. 물고기 떼만큼 많은 수는 아니었지만 똑같은 모양새를 하고 우르르 몰려다녔다. 그 무리가 인간이라는 사실을 깨달은 건 몇 번을 더 마주친 뒤였다. 몸통과 다리는 온통 까맸고 피부는 제법 두툼해 보였다. 등에는 길쭉한 원통이 하나씩 붙어 있었는데, 표면은 매끈했지만 윗부분은 조금 복잡했다. 거기에서 구부러진 선이 튀어나왔는데 입에 물고 있는 무언가와 연결되어 있었다. 얼굴의 반이나 차지하는 커다란 눈이 툭 튀어나와 있었다. 발은 생각보다 아주 컸다. 멀리서 보기에는 등에 매달린 원통과 거의 크기가 비슷해 보였다. 넓적하고 얇아서 헤엄치기에 좋아 보였다. 그에 비해 손은 작은 편이었는데, 무리에서 한둘 정도는 무언가를 쥐고 있었다. 지나가는 생명체를 보고 웃을 때마다 손에 쥔 걸 연신 들이밀었다. 주로 알록달록하고 작은 걸 볼 때 반응이 더 빠르고 격했다.

손에 들고 있는 건 뭘까?
글쎄.

소렌 역시 나와 같은 걸 보고 있었다. 손바닥만 한 작은 물건이었는데, 그걸 들면 인간들은 자동으로 손을 들어 올렸다. 손가락 두 개만 펼쳐 보이기도 하고, 모든 손가락을 구부려 손톱끼리 마주 붙이기도 했다. 더 인간 쪽으로 가고 싶었지만. 새로운 생명체를 볼 때마다 환호하는 그들 가까이 가기엔 조심스러웠다. 한바탕 소란이 지나고 나서 또 다른 인간 무리가 나타났는데 이번엔 차림이 조금 달랐다. 지금까지 본 인간들은 얼굴, 손, 발을 제외한 모든 부분이 까맣고 두꺼웠는데, 이번엔 몸통 부분 이외에는 까만색이 아니었다. 심지어 피부도 훨씬 얇아 보였다. 발도 크지 않았고, 등에 붙어 있던 원통도 없었다. 다만, 눈이 튀어나온 데다 아주 크고, 입에 무언가를 물고 있다는 건 같았다.

인간은 한 종류가 아닌가?

우리도 다 다르게 생겼잖아.

근데 너랑 내가 다른 것보다 훨씬 더 많이 다른 것 같지 않아?

그건 그래.

우리의 의문이 풀린 건 해변 가까이 갔을 때였다. 어둠이 내린 바닷가엔 인간이 드문드문 있었다. 깜깜함에 더 익숙한 우리는 그들의 움직임을 더 세

세하고 촘촘하게 관찰했다. 물속에서 본 것과 가장 큰 차이는 눈이었다.

바닷속에 들어올 때 위장을 하나 봐.
우리가 육지 올라갈 때 꼬리가 다리로 변하는 것처럼?
응. 그것처럼 눈알이 튀어나오고 입에서 뭐가 나오는 건가 봐.
그러니까. 지금은 아까랑 또 되게 다르다.

문제는 저마다 다르다는 것이었다. 설마 우리도 인어마다 육지에서 변화하는 모습이 전부 다른 가? 사실 그때까지 꼬리가 다리로 변한다는 소리만 들었지, 실제로 경험한 적은 없었다. 모든 인간이 사라질 때 살짝 뭍으로 올라가 보기로 했다.

지금이야.

더욱 짙은 어둠이 깔렸을 때, 소렌이 속삭였다. 요동치는 심장을 부여잡고 해안선으로 다가갔다. 당장 육지에 발을 딛고 인간처럼 모래사장 위를 사정없이 달릴 수 있을 것만 같았다. 이미 마음은 해변에 짙은 발자국을 뚜벅뚜벅 남겼다. 하지만 현실은 육지에 발이 닿기도 전에 꼬리부터 허우적댔다. 수심이 얕아지자 도무지 몸을 어떻게 가누어야 할지 감이 오지 않았다. 게다가 바닥에 깔린 뾰족한 돌들이 팔꿈치와 배, 꼬리를 사정없이 할퀴었다. 버둥대긴 소렌도 마찬가지였다. 심해에서 해수면까지 헤엄치는 것보다, 고작 내 키보다 조금 더 긴 듯한 거리를 기어가는 게 훨씬 더 힘들었다. 하지만 여기서 포기할 순 없었다. 다행히 우리는 둘이었다. 나는 별안간 해안선과 평행하게 벌러덩 눕고는 힘껏 몸을 굴렸다. 데굴데굴 구르는 동안 팔과 어깨, 배와 가슴, 허리와 꼬리 여기저기가 돌멩이에 스쳤고, 마구 뜨거웠다. 금세 나를 따라 굴러온 소렌이 상처투성이가 된 내 몸뚱이를 팔과 꼬리로 밀었다. 나도 이를 악물고 굴렀고, 드디어 올라갔다. 바닷물이 닿지 않는 완전한 육지 위로.

온몸의 물기가 마르면서 육지의 까칠한 모래가 느껴졌다. 이리저리 새겨진 붉은 선 사이로 짠기가 스미는지 찌릿하고 따끔한 감각이 전신에 퍼졌다. 얇고 날카로운 가시덤불로 뒤덮인 파도가 몸을 한번 휩쓸고 지나가는 기분이었다. 잠시 잠잠해진 통증에 긴장을 내려놓자마자 엉치뼈 부근에 뻐근함이 느껴졌다. 뻑적지근한 감각은 꼬리 전체를 타고 흘렀다. 어? 혹시. 상체를 조금 들어 올렸다. 아직 드러나지 않은 엉덩이 때문에 중심을 잡고 앉을 수 없었지만 분명 비늘이 사라지기 시작했다. 발, 종아리, 무릎, 허벅지… 점차 다리가 드러났고 바로 앉을 수 있었다. 당사자보다 지켜보는 소렌이 더 흥분했다.

와, 됐어! 기분이 어때?
아직 모르겠어. 좀 통증이 있긴 한데 뭐 견딜 만해.

이번엔 내가 소렌을 끌어올려 줄 차례였다. 난생처음 달린 두 다리로 벌떡 일어났다. 그런데 이게 웬걸. 바로 쓰러지고 말았다. 당황스러웠다. 그제야 단 한 번도 걸어본 적이 없었다는 사실을 깨달았다. 낯선 다리에 힘을 주고 근육을 사용하는 법을 익혔다. 여러 번 쓰러지길 반복하고 겨우 중심을 잡고 섰을 때, 소렌은 이미 혼자서 모래사장 위에 올라왔고, 변한 두 다리를 쭉 뻗은 채로 누워 있었다.

우린 똑같이 변했네.
그러네. 다행이다.

뭐가 다행인지 알 수 없었지만 다행이라고 생각했다. 커다란 관문을 통과하고 새로운 세계에 첫발을 들여놓은 기분이 들었다. 잠시 숨을 고르며 누워 있는 동안 희미한 소리가 들려왔다. 밝은 빛도 쏘아댔다. 인간들이었다. 바닷속에서 봤던 것과 비슷한 손바닥만 한 물건을 우리에게 들이댔고, 청어처럼 입을 뻐끔거렸는데 무슨 말을 하는지 알아들을 수 없었다. 일단은 피해야 했다. 그나마 중심을 잡고 설 수 있던 내가 아직 일어서지 못하는 소렌을 들쳐 업고 무작정 뛰었다. 바로 중심을 잃고 넘어졌지만, 물 가까이 있었기에 다행이었다. 빠르게 몸을 굴려 바닷속으로 빠졌다.

으악

바다에 뛰어들자마자 우리는 누가 먼저랄 것도 없이 비명을 질렀다. 그도 그럴 것이 두 다리를 움직여 헤엄치는 법을 몰랐다. 수면 아래 깊이 가라앉는 것도, 물속에 오래 있는 것도 낯설지 않았지만 자유롭게 움직일 수 없는 다리와 함께 있는 게 영 불편했다. 마음대로 할 수 없는 낯선 물건이 몸에 붙어 있는 기분이었다. 거추장스러웠다. 바닷물이 닿자마자 발끝에서 비늘이 돋기 시작하면서 하체 전체가 금세 꼬리로 변했지만, 그 시간이 너무도 길게만 느껴졌다. 완전히 본 모습으로 돌아왔을 땐 안도감과 함께 자신감이 차올랐다.

그날 이후 틈날 때마다 산호초 섬과 해변을 오갔다. 이곳저곳 인간이 모여 있는 대륙을 열심히 넘나드는 동안 두 다리에 점점 익숙해졌다. 평소엔 비늘 속에 덮여 있던 하체는 물살을 가르고 세상과 부딪힌 상체와 다른 피부를 가졌다는 사실도 깨달았다. 투명할 정도로 하얀빛은 같았지만, 촉감이 전혀 달랐다. 얼굴과 상체는 살짝 끈적함이 느껴질 만큼 서늘하게 촉촉한 반면, 하체는 보송했다. 그만큼 상처에도 훨씬 민감했다. 새로운 사실을 알아갈 때마다 가장 먼저 소렌에게 알렸다. 소렌도 마찬가지였다. 우리가 겪는 신체적 반응은 대체로 같았고, 그 내용을 로빈에게 보고했다. 그중엔 그날의 비밀도 포함되어 있었다. 우리가 처음 두 다리를 마주했을 때, 인간이 왜 그렇게 달려들었는지 말이다.

아이구, 내 미처 너희가 벌써 육지 위로 올라갈 거란 생각까진 못했구나. 내 불찰이야. 많이 곤란했겠구나. 괜찮니?

로빈은 '식'이 중요한 인어와 달리 인간에게는 '의식주' 세 가지 모두 무척 중요하다고 했다. 역시 인간들은 여러모로 인어보다 복잡한 존재가 분명하단 생각이 들었다. 바다에서는 그저 태어난 몸 상태 그대로 다닐 뿐이지만, 육지에서는 그 반대였다. 모두가 몸에 항상 무언가를 걸치고 다녔다. 인간과 함께 네 발로 걷는 동물도 옷을 갖춰 입을 때가 있었다. 그 사실을 알고 나서야 아무것도 걸치지 않은 몸 위로 부끄러움이 쏟아졌다. 그 이후로 육지에 닿자마자 맨몸을 가리기 바빴다. 바다에서부터 해초를 뜯어가기도 했고, 둥둥 떠다니는 쓰레기나 커다란 나뭇잎을 이용하기도 했다. 하지만 그 모든 것은 우리의 존재를 너무 두드러지게 만들었다. 우리도 옷을 구해 입어보기로 했다. 대부분 인간이 잠들 무렵, 깜깜한 해변을 서성이며 몸에 걸칠만한 것들을 찾았다. 하염없이 모래사장을 걷다 누군가 흘린 듯한 옷을 하나 주웠다. 소렌은 바다에 떠다니는 옷을 건졌다. 멀리서 인간이 입은 모습을 열심히 관찰했지만, 실제로 입어보는 건 처음이었다. 손에 쥔 옷을 이리저리 돌려보니 세 개의 구멍이 있었다.

이걸 어떻게 입지?

구멍에 몸을 넣으면 되지 않을까?

어디에 뭐를 넣어야 할지가 문젠데.

소렌이 기억 속 인간을 더듬는 동안 나는 옷을 몸에 대보았다. 몸의 길이와 비슷하게 맞춰 옷을 대보았더니 대강 머리와 팔 부분에 구멍이 난 것 같았다. 낑낑대며 머리를 쑤셔 넣었다. 누군가 다가올지 모른다는 생각에 마음은 조급해졌고, 그럴수록 팔과 다리는 더욱 말을 듣지 않았다. 옷 속에서 구멍을 찾지 못하고 버둥대는 그때 멀리서 누군가 다가오는 소리가 들렸다. 점점 더 다급해지는 마음 탓에 익숙하지 않은 다리가 꼬였고, 결국 중심을 잃고 쓰러지고 말았다. 다른 인어였다면 인간의 눈에 띌 만큼 철퍼덕 뻗었겠지만, 우리는 이미 육지 경험이 쌓인 인어였다. 모로 누운 몸을 재빨리 바위 뒤로 민첩하게 날렸다. 여차하면 바다로 뛰어들 셈이었다. 인간이 멀어지는 소리를 확인하고 나서야 구멍 밖으로 머리를 빼 들었다.

우와! 인간 같아!

옷을 입은 나를 보며 소렌이 외쳤다. 나는 인간처럼 흔들리지 않게 걸어도 보고, 두 다리를 꼰 채 바위에 앉아도 보았다. 소렌도 옷을 입었다. 인간 같아 보인다는 소렌의 말이 어떤 의미인지 비로소 다가왔다. 뒤뚱거리며 위태롭게 뛰는 소렌을 뒤따라가 손을 뻗었다. 우린 함께 연약한 두 다리로 홀로 땅 위에 서는 법과 걷는 법, 뛰는 법을 함께 배워갔다.

그 사이 바다 세계는 더 많이 휘청거렸다. 시름시름 앓아가는 인어들이 부쩍 늘어났다. 원인을 알수 없는 병은 서로를 향한 거리감과 불신을 키워갔다. 사라진 목숨 앞에 드러나는 감정은 애도보다 두려움이었다. 로빈이 다시 회의를 소집했다. 멀찍이 거리를 두고 모인 인어들은 서로 어떤 말도 주고받지 않았다. 음파로 바이러스가 전달이라도 될까 걱정하는 건지, 그저 이런 상황에 지쳐 어떤 의욕도 말라가는 건지 알 수 없었다. 나는 그저 로빈의 꼬리를 바라봤다. 육지 상황을 보고 하느라 자주 만났음에도 로빈이 낯설게 느껴졌다. 내가 아는 로빈은 눈가에 잡힌 다정한 주름이나 손의 온기, 부드러운 음성이었다. 맥 빠진 꼬리, 듬성듬성 겨우 매달린 비늘이 아니라. 아주 오랜 시간의 무게를 겨우 지탱하고 있는 듯한 연약한 육체가 입을 열었다.

육지를 탐사할 파견 대원을 선발할 생각입니다.

로빈의 말에 반대 의견을 덧붙이는 인어는 없

었다. 오히려 논의는 누구를 보내야 할지에 초점이 맞춰졌다. 누구도 섣불리 나서려 하지 않았다. 갈 수 없는 저마다의 이유는 많았다. 돌봐야 할 아이가 있어서, 모셔야 할 어른이 있어서, 몸이 약해서, 능력이 부족해서… 예전 같으면 인어 사회에서 씨알도 안 먹힐 변명이었다. 먹이를 사냥해서 나누고, 포식자의 위험을 알려 함께 대피하는 건 전부 공동체 전체가 함께 하는 일이었고, 그게 노약자 돌봄의 전부였으니까. 하지만 알 수 없는 질병과 불신, 퍼져가는 소문은 인어 공동체에 균열을 일으켰다.

　나는 번쩍 꼬리를 흔들었다. 거의 동시에 소렌의 꼬리도 펄럭거렸다.

　나와 소렌을 포함해서 대략 열 명 정도의 인어가 모였다. 로빈에게 인간 사회에 대한 수업을 들었고, 각자 육지에서 얻어온 정보를 교환하며 나름의 지식을 쌓아 나갔다. 하나부터 열까지 쉬운 건 없었다. 기본적으로 인간들이 사는 방식을 이해하는 것 자체가 어려웠다. 제일 먼저 덜컹거렸던 개념은 '구분'이었다. 우리는 뭐든 그저 주어진 대로 지냈다.

바다도, 시간도, 공동체도 그저 하나의 덩어리였
다. 물론 한 번에 인지할 수 없을만큼 넓은 공간과
광활한 시간을 분질해서 이야기하긴 했지만, 그건
그저 편의상 이루어질 뿐 뚜렷한 구분은 없었다. 무
언가를 측정하고 세는 정확한 '단위'라는 게 명확히
존재하지 않았다. 그런데 육지 세계는 달랐다. 인간
들은 자신이 존재하는 모든 시간과 공간, 소유하는
가치와 정보를 정확하게 나누고 숫자라는 것으로
표시했다.

그냥 지내면 되지, 뭐 하러 이렇게 피곤하게 나누는
걸까?

투덜거리는 건 언제나 소렌이었지만, 빠르게
익히는 것도 소렌이었다. 나는 새로운 걸 배울 때마
다 놀라웠지만 눈에 보이지 않는 걸 몸에 익히는 건
어려웠다. 가장 힘들었던 건 시간이었다. 인어들에
게는 시간 감각 자체가 없었다. 인간은 태양의 움
직임을 보고 하루를 나누고, 그 하루들이 쌓여 일주
일, 한 달, 일 년이 된다고 했다. 하지만 우리가 사는 지역에서 태양은 무의미했다. 매 순간 그저 같은 어둠이 지속될 뿐이었다. 그러니 하루를 구분하는 건 애초에 불가능한 일이다. 인간의 시간에 매일, 매주, 매달, 매년 같은 반복적이고 순환하는 개념이 존재하는 반면, 우리의 시간이 그저 직선으로 흐르기만 하는 건 그 때문이다. 인간의 시간은 좀 복잡하긴 했지만, 왠지 새롭게 무언가를 시작하기엔 굉장히 좋을 것 같다는 생각이 들었다. 내가 육지에 파견되는 시점을 정확히 표시할 수도, 그날까지 하루하루 설렘을 셀 수도 있다는 점이 마음에 들었다. 하지만 여전히 알쏭달쏭한 부분이 많았다. 뭔가 정확하게 떨어지는 듯하면서도 묘하게 어긋나는 지점을 마주할 때마다 머리가 아파 왔다. 특히, 한 달은 왜 30일이었다가 31일이었다 하는지. 심지어 28일인 달도 있었는데, 4년에 한 번씩 29일이 생기기도 한다고 했다. 도무지 이해할 수 없어 온 비늘을 신경질적으로 세우는 내게 로빈이 놀라운 이야기를 들려주었다. 이 모든 날짜가 실은 달의 주기에 맞춰졌다는 것이었다.

달이라니. 물론 햇볕조차 닿지 못하는 우리 지

역에 달빛이 들어올 틈은 없었다. 다만, 인간들을 보러 올라갈 때마다 하늘에 뜬 달을 본 적이 있었다. 어쩐지 강렬하게 내리쬐는 사정없는 태양보다 은은하고 아련하게 흔들리는 달빛이 더 좋았다. 볼 때마다 모양을 달리하는 것도 신기했다. 그런데 그 변하는 모양에 따라 육지의 날짜가 달라지는 거라니. 인간이라는 존재가 꽤나 영리한 건 분명해 보였다. 그런 인간들을 하루빨리 만나기 위해서 할 수 있는 일이라곤 하나뿐이었다. 하나, 둘, 셋, 넷… 인어 수를 세면서 열심히 숫자를 익혔다. 그래봤자 전체 개체 수는 백이 조금 안 되었다. 그렇다고 쫓아다니는 청어 떼는 너무 많았다. 게다가 얼마나 재빠른지 쉴 새 없이 꼬리를 흔들며 움직이는 탓에 일일이 다 셀 수가 없었다. 그래서 1일 24시간, 일주일 7일, 한 달 30일 또는 31일, 1년 12달까지는 그럭저럭 할 만했지만, 1년 365일에서는 조금 삐그덕거렸다. 300이면 100이 세 개, 10이 여섯 개, 그리고 5… 인간 세계에서 이보다 큰 숫자가 별로 없기를, 그래서 더 큰 숫자를 세고 계산할 일이 없기를 바랄 뿐이었다.

숫자와 단위로 시간과 공간을 쪼개는 것만큼 어려운 건 바로 인간의 언어였다. 처음 육지에 올라 갔을 때 바닷속 청어처럼 입을 뻐끔거리는 인간의 모습을 봤을 때 웃음이 났다. 그 입에서 물방울 대 신 소리가 나온다는 사실을 들었을 땐 깜짝 놀랐다. 분명 나는 아무 소리도 듣지 못했다. 소렌도 마찬가 지였다. 아무리 그 순간을 돌려보아도 인간의 소리 는 없다고 말하는 우리에게 로빈이 충격적인 이야 기를 했다.

네? 인간은 목구멍을 울려서 소리를 낸다고요?

'인간어' 시간에 배웠던 '산 넘어 산'이라는 말 이 생각났다. 이보다 더 딱 들어맞는 예가 어디 있 을까. 그건 또 언제 연습하냐고 울상을 짓는 다른 대원들 옆에서 나는 한 손을 목에 가만히 가져다 대 보았다. 낯설었다. 신체에 붙어 있긴 했지만 발성기 관으로 사용되지 않은 인어의 성대는 마치 인간의 꼬리뼈와 같았다. 화석처럼 붙어 있는 그 기관의 감 각을 깨우고 쓰임을 부여하는 일은 쉽지 않았다. 한 번도 느껴보지 못한 근육을 움직이고 신경을 두드리는 연습을 하기 위해 매일 같이 수면 위로 올라가 공기를 입 속으로 잔뜩 집어넣었다. 망망대해 위에 고개만 삐죽 내민 열 명의 인어들이 고요 속에서 저마다 고군분투를 이어갔다. 도무지 움직일 생각을 하지 않는 성대를 원망하며 고개를 젖히면 하늘이 눈에 가득 담겼다. 그럴 때마다 햇빛이 가득 쏟아지는 하늘은 어떤 색일까 궁금해졌다. 깜깜한 어둠에 익숙한 시야 때문에 수면 위 훈련은 밤에만 이루어졌지만, 아주 가끔은 홀로 밝은 하늘을 보러 올라오기도 했다. 그래봤자 인간에겐 여전히 어둑한 시간이겠지만. 날짜와 숫자를 세는 인간을 상상하며 성대 근육 깨우기에 열중했다.

아— 아—

난생처음 목을 울려 던진 소리는 짧고도 강렬했다. 겨우 짧은 음절이었지만 잔뜩 신이 났다. 내 키만큼 높이 수면 위로 올랐다가 다이빙하기를 반복했다. 그때는 미처 알지 못했다. 그건 시작에 불과했단 사실을. 소리에 의미를 담기 위해서는 자음과 모음을 익히고 단어와 문장을 뱉어야 했다. 연습

량도 훨씬 많아졌다. 다른 파견 대원들과 함께 말하기 연습도 했지만, 익숙한 주파수로 갈아타기 일쑤였다. 인간의 목소리에 익숙해지기 위해 해변으로 올라가기도 했지만, 여전히 잘 듣는 건 어려웠다. 상대적으로 안전한 밤엔 인간의 소리 자체가 거의 존재하지 않았고, 그나마 인간이 많은 해 질 무렵에는 수많은 소리가 섞여서 뭐가 뭔지 구분할 수가 없었다. 그런 날엔 겨우 건진 몇 개의 낯선 어휘를 혼자 중얼거리며 위안 삼았다. 한동안은 고이 품어 바다로 가져온 그 단어를 펼쳐놓고 그 의미를 열심히 해부했다.

돈, 집, 차, 밥, 커피, 와인, 주식, 인터넷, 휴대폰, 보석, 사랑…

인간이 만들어 낸 것들은 무수히 많았다. 눈에 보이는 건 그나마 이해하기 쉬웠지만, 기술과 시스템 같은 것들은 도무지 상상할 수 없었다. 그나마 로빈이 설명해 주었던 내용에서 몇 개의 단서들을 주워 희미하게 밑그림을 그려보았다. 그런 막연함에 비하면 직접 오감으로 느껴지는 신체 훈련은 차라리 나았다. 아무리 그 고통이 강렬해도 무엇을 조심하고 어떤 능력을 더 강화해야 하는지 명확히 알수 있다는 점이 좋았다. 나는 다른 인어에 비해 지구력이 좋은 편이었고, 방향감각도 뛰어난 편이었다. 그동안 여기저기 많이 돌아다닌 덕에 웬만한 지형도 다 꿰고 있었다. 장거리 탐험 훈련에서 늘 높은 성적을 기록한 것도 그런 이유였다. 다른 대원에 비해 스피드는 떨어졌지만, 물살의 흐름을 파악해서 가는 길을 정했고, 급경사의 해구나 뾰족한 해령이 있는 곳을 미리 피해 갔다. 하지만 온도와 압력 변화에 민감하게 반응하는 피부는 어쩔 수가 없었다. 그저 적응하는 수밖에. 차라리 낮은 온도는 괜찮았지만, 약간 올라가는 수온에도 피부가 화끈거렸다. 압력의 차이도 문제였다. 물론 모든 대원들이 육지에 가까워질수록 몸이 약간은 부풀어 올랐다. 하지만 그 차이가 크지 않았고, 곧 원래대로 돌아왔다. 하지만 나는 그 차이가 꽤 심한 편이었다. 활동하는데 큰 지장을 주진 않았지만, 혹시나 기력이 달릴까 싶어서 기초체력 훈련에 심혈을 기울였다. 매일 경로를 바꿔 육지까지 오가며 유산소 운동을 했고, 하체 근력 향상을 위해 꼬리로 무거운 바윗덩이를 들어 올리길 반복했다. 청새치와 황새치를 쫓으며 스피드 향상에도 신경을 썼다.

가장 좋아하는 건 탐험 시간이었다. 바다에 존재하는 인간의 흔적을 발견하는 게 좋았다. 훈련은 주로 인간의 물건들이 많이 뒹구는 해수면 근처 평원이나 산맥에서 이루어졌다. 처음 보는 물건들을 찾고, 혼자 다른 세계를 상상하는 건 고요한 이곳에서 즐길 수 있는 소소한 짜릿함이었다. 훈련이 아니더라도 이미 여러 개를 발견하고 수차례 방문했었지만, 대원들과 함께 탐색하는 건 또 다른 재미였다. 목적지가 가까워질수록 꼬리 끝이 찌릿해졌다. 나도 모르게 속도가 붙었다. 아주 오랫동안 그곳에 존재했을 법한 빛바랜 쇳덩이에 다가가며 그것이 품은 수많은 이야기들을 상상했다. 그게 인간과 물건을 가득 실은 배라는 사실은 한참 뒤에야 알게 되었다. 표면은 초록 생명체들이 올록볼록 뒤덮었고, 이런저런 틈 사이를 여러 생물들이 넘나들고 있었다. 적당한 틈을 골라 몸을 쑥 집어넣었다.

왜 굳이 그리로 오는 거야?

재밌잖아.

소렌은 바다를 향해 뻥 뚫려있는 쪽으로 이동했다. 인간의 손때가 묻었을 물건들이 많았다. 대부분은 어디에 쓰이는 건지 알 수 없었지만, 숟가락과 포크, 컵과 접시는 해안가에서도 많이 봤던 물건들이었다. 우리는 인간이 부여한 그것의 이름들을 하나씩 나열하며, 손에 쥐어보기도 했다. 무엇을 먹을 때 꼭 도구를 사용하는 인간처럼.

우리도 앞으로 이걸로 먹이를 먹어볼까?

내 제안에 소렌은 기겁했지만, 나는 접시 위에 내가 좋아하는 수초와 생선을 올려놓고 숟가락으로 떠먹는 상상을 했다. 근데 숟가락으로 떠질까. 아니, 포크로 찍어야겠다. 다시, 다시. 숟가락으로 먹이를 놓치며 허둥대는 나를 지우고 포크로 음식을 찍어 우아하게 입으로 가져가는 나를 그렸다. 그때였다. 갑자기 무슨 소리가 들린 건. 처음엔 별로 신경 쓰진 않았다. 육지 근처에는 이런저런 소음이 많다는 건 이미 알고 있는 사실이었다. 문제는 소음이 아니었다. 거대한 해파리가 하강하고 있었다. 둥근 몸통이 부풀어 오를수록 점점 더 아래로 아래로 가라앉았다. 자세히 보니 자주 보던 반구 형태가 아니었다. 그 아래 길쭉한 게 보였다. 아니, 몸통이라고 생각했던 윗부분이 점점 쪼그라들었다. 난생처음 보는 해파리인가 싶었는데 파닥거렸다. 저렇게 움직이다간 금방 탈진할 것만 같은 동작, 이 세계에 속한 존재가 아니었다. …인간이었다.

어쩌려고.

방향을 트는 나를 소렌이 잡았다.

구해야지.

돌아서는 나를 향해 소렌이 무어라 외쳤지만, 들리지 않았다. 인간 따위에 쓸데없이 힘을 빼지 말라고 했을까? 파견되기도 전에 인어라는 사실이 발각되면 어쩌냐고 했을지도 모른다. 그러면 나는 뭐라고 답했을까? 잘 모르겠다. 하지만 나는 느꼈다 주저하는 소렌의 떨림을. 기억 속 죽음이 튀어나오는 게 분명했다. 닻에 걸려 죽어가는 아이와 바닷속을 둥둥 떠다니는 소렌의 동생이 내게로 흘러드는 것만 같았다. 도망치고 싶었다. 아직 그럴 기회가 있었다. 그것만으로 죽음으로 빨려 들어가는 인간을 구할 이유는 충분했다. 온 힘을 다해 꼬리를 흔들었다. 힘껏 손을 뻗어 흐느적대는 인간을 낚아챘다. 육지로 올라가는 동안 인간의 겉옷을 벗겨 냈다. 바닷가에 도착하자마자 인간을 눕히는 동시에 몸에 재빨리 겉옷을 둘렀다. 이상하게 따뜻했다.

내가 만난 첫 인간의 온도였다.

2부

1

아무래도 이상했다. 처음도 아닌데 이나는 육지로 향하는 길이 유독 힘들고 지루하게 느껴졌다. 혹시 방향을 잘못 잡은 건가? 그럴 리가 없는데. 소렌이 없어서일까? 혼자서 이미 여러 번 왔던 길인데 이상하게 느낌이 달랐다. 지금까지는 반짝반짝 빛나는 먹이 떼를 쫓아가는 것처럼 마냥 신이 났다면, 이번엔 백상아리가 꼬리 끝까지 바짝 쫓아오는 기분이었다. 이나는 불쑥 겁이 났다.

주어진 기간은 육지의 시간으로 3개월. 그 안

에 파견된 지역의 상황을 파악하고 이주 및 정착 가능성을 판단해야 했다. 단순히 정보를 수집하는 게 아니라 마지막 결론까지 온전히 홀로 해내야 한다는 사실이 이나의 어깨를 무겁게 눌렀다. 그럴 때마다 이나는 그 이름을 떠올렸다. 모건. 모건은 무슨 생각으로 이렇게 먼 길을 떠난걸까? 모건이 살던 때도 지금처럼 바다에서 살아남는 게 녹록지 않았던 걸까? 하지만 모건 이후로도 이나까지 수많은 세대가 생을 이어온 걸 보면 모건의 시대는 지금보다 꽤 살만하지 않았을까? 그럼에도 이 머나먼 길을 떠났던 건 모든 걸 감수할 만큼 육지 세상이 매력적이기 때문 아닐까? 거기까지 생각이 닿으니 왠지 마음이 놓였다.

철썩- 유독 거친 소리가 해안가에 부서졌다. 그 파도와 함께 이나는 해변에 도착했다. 약속 시간을 확인하기 위해 달을 찾았지만 보이지 않았다. 까만 캔버스 위에 희뿌연 재료를 슥 뿌린 것처럼 시야가 흐릿했다. 하늘에도 미세 플라스틱이 낀 건가. 육지에도 불순물이 번져있단 게 조금 꺼림직했지만, 오늘만큼은 희뿌연 하늘이 좋았다. 너무 밝으면 이나는 상대를 분별하기 어렵지만 인간의 눈에 띄기는 쉬울 테니 말이다. 다행히 해안가엔 아무도 없었다. 오랜 시간 헤엄을 쳐서 그런지 꼬리 부위에 피로감이 번졌다. 파도에 몸을 맡기며 최대한 물의 힘을 이용해 육지 위로 올라갔다. 너울에 다시 끌려 나가기 전에 재빨리 남은 힘을 모아 간신히 모래 위로 몸을 끌어 올렸다. 겨우 마른 땅에 전신을 온전히 뉘었을 때, 그대로 뻗고 싶은 충동이 일었지만 훈련된 대원답게 온 힘을 다해 커다란 바위를 찾아 몸을 숨겼다. 그제야 도착했다는 안도감이 나른하게 퍼지기 시작했다. 잠 속으로 빠져들 것 같은 몽롱함을 깨운 건 발끝의 감각이었다. 여전히 익숙해지지 않는 뻐근함이 잠시 느슨해진 경계심을 뾰족하게 세웠다. 점점 사라지는 비늘을 바라보며 이나는 소렌을 떠올렸다. 당연히 잘 도착했을 거라 믿었지만, 혹시 예상치 못한 변수를 만나진 않았을까 하는 염려가 뒤섞이는 건 어쩔 수 없었다. 물론 생각의 뒤엉킴은 잘 도착해야만 한다는 당위로 마침표를 찍었지만.

동시에 여러 지역을 파악하기 위해 열 명의 파

견 대원은 각각 다른 지역을 배정받았다. 열 개의 장소는 기후와 지형을 고려해서 선정되었다. 제일 먼저 세외된 곳은 섬이었다. 점점 불어나는 바다가 언제 삼킬지 모른다는 이유였다. 하지만 바다를 포기할 수는 없었다. 최대한 바다와 인접하되 너무 뜨겁지 않은 적당한 수온과 기온을 가진 공간이어야 했다. 의외로 모든 조건을 갖춘 지역은 많지 않았기에 후보지를 선정하는 건 그리 어렵지 않았다. 이나가 맡은 지역은 북반구 위도 37도쯤에 위치한 반도. 소렌의 파견지도 이나의 지역과 비교적 가까웠기에 둘은 비슷한 시점에 고향을 떠났다.

잘 도착했어? 난 도착했어.

거의 다 드러난 다리를 바라보며 이나는 소렌에게 말을 걸었다. 혹시 둘의 거리가 음파를 탐지할 정도라면 소렌이 답을 할지도 몰랐다. 만약 그렇다면 앞으로도 종종 서로 소식을 나눌 수도 있지 않을까, 그러면 참 든든하고 좋을 텐데, 라는 기대를 담아 소렌의 대답을 기다렸다. 미세한 소리가 잡혔다.

네, 잘 도착했어요.

분명히 이나가 원하는 답이었지만 뭔가 이상
했다. 소렌의 소리가 아니었다. 누구지? 인간이라
면 들을 수도, 낼 수도 없는 소리였다. 그렇다면 이
주변에 다른 인어 있단 말인가. 그런데 잘 도착했다
니. 이나가 온다는 사실을 알고 있었단 말인가. 아
무래도 이상했다. 이나는 서둘러 자세를 바꾸어 앉
았다. 바위 뒤로 몸을 숨긴 채 주변을 살폈다. 저 멀
리 어둠 속에서 움직이는 작은 인간이 보였다. 이쪽
으로 성큼성큼 걸어오고 있었다.

당신, 누구야?
안심하세요. 심은수입니다.

그제야 이나는 잔뜩 쪼그렸던 두 다리를 쭉 뻗
었다. 찌릿찌릿 쥐가 나기 시작한 다리를 어쩔 줄
몰라 동동거렸다. 심은수라면 로빈이 일러주었던
브로커 이름이었다. 육지에 막 도착한 이나를 도와
줄 거라고 했다. 브로커의 존재를 들었을 때 파견

대원들의 반응은 제각기 달랐다. 누구는 안도했고, 누구는 불신했고, 누구는 놀라워했다. 이나는 궁금했다. 그들은 인간일까, 인어일까? 아니면 둘 다일까? 인간만큼이나 궁금했던 은수가 다가오고 있었다. 이제는 정말 서둘러야 했다. 바위 사이를 뒤져 작은 짐을 찾았다. 검정 원피스와 운동화가 들어 있었다. 얼른 옷을 펼쳐서 머리와 양팔을 쑥 집어넣었다. 찢어짐 없이 쭉쭉 늘어나서 몸을 넣기 아주 편했다. 신발 안에 발도 쑤셔 넣었다. 모든 게 순조로웠다. 어느새 구름이 걷힌 하늘엔 은은한 달빛이 부서졌다. 약속 시간과 얼추 맞는 것 같았다. 은수가 다가오는 소리가 점점 더 선명해졌다. 이나도 은수를 향해 발걸음을 옮겼다. 어둠 속에서 이나는 은수의 모습을 명확히 볼 수 있었다. 검정 추리닝 바지에 같은 색 후드티를 입고 저벅저벅 걸어오는 은수는 잘 보이지 않는 어둠 속에서마저 자신의 정체를 감추려는 듯했다. 두 사람의 그림자가 가까워졌다.

"안녕하세요. 은수입니다. 혹시 말할 줄 아세요?"

이나는 살짝 고개를 끄덕였다. 은수는 발갛게 달아오르는 이나의 두 뺨에 조금 당황스러웠다. 혹

시 자신이 무슨 실수한 건지, 아니면 요즘 인어들은
부끄러움이 많은 건지, 그것도 아니면 그저 이 인어
가 유별난 건지 알 수 없었다. 인어를 고객으로 받
은 건 처음이었으니까. 어찌할 바를 모르는 건 이나
도 마찬가지였다. 은수, 라는 이름 외에 제대로 알
아들을 수 있는 말이 없었다. 갑자기 두 발을 뗄 수
없었다. 그렇게 열심히 연습했는데 실전은 전혀 달
랐다. 연습할 때보다 주변은 더 조용한 편이었지만,
간간이 들리는 자동차 소리, 파도 소리와 당황스러
움이 은수의 목소리에 엉겨 붙었다.

"혹시 뭐 불편한 거 있으세요?"

이나는 그저 또 고개를 끄덕였다.

"어떤 게 불편하세요? 말씀하세요. 도와드릴
게요."

"감사합니다."

이나는 최대한 괜찮다는 표정을 보이며 대답
했지만 속은 새까맣게 타들어 갔다. 단순히 말을 못
알아듣는 문제가 아니었다. 지금까지 훈련했던 모
든 것들이 물거품이 되는 건 아닌지 초조했다. 이나
의 얼굴에 퍼진 긴장을 은수는 알아챘다.

정말 괜찮아요?

아.

이나는 그제야 은수가 인어의 언어를 할 수 있다는 사실을 떠올렸다. 안도감이 스치면서도 더 짙은 자괴감이 번졌다. 모든 게 엉망진창이 된 기분이었다. 당장 바닷속으로 뛰어들고 싶었다. 머릿속은 복잡해졌고, 자꾸만 올라오는 긴장감에 온몸이 바짝 타오르는 기분이었다. 현기증이 일었다. 몸은 중심을 잃고 비틀거렸고, 막 태어난 아기의 살결처럼 보드랍고 연약한 이나의 다리가 모랫바닥에 쓸렸다. 붉은 줄무늬가 새겨진 다리에서 따가운 통증이 느껴졌지만, 이나는 구겨진 자존심이 더 아팠다. 어떻게든 혼자 벌떡 일어나고 싶었지만 자꾸만 휘청거렸다. 훈련이 부족했던 걸까, 아니면 이곳 환경이 인어와 맞지 않는 걸까, 그저 이나가 부족한 걸까. 속상함이 심해질수록 이나의 몸짓은 더 파닥였다.

보다 못한 은수가 주저앉은 이나의 손을 잡았다. 실수였다. 은수의 손이 닿자마자 이나의 피부가 빨갛게 달아올랐다. 화들짝 놀란 두 사람은 동시에 서로의 손을 놓고 한 발짝 뒤로 물러났다. 이나는 화끈거리는 손을 만지며 그제야 인간과 피부 접촉을 피하라던 로빈의 경고를 떠올렸다. 인간과 인어 간 체온 차이에서 빚어지는 상처라고 했다. 그러면서 로빈은 모건 전설 속 일화를 소개하기도 했는데, 소렌은 다치는 건 인어뿐이라며 괜스레 심술을 부리곤 했다. 그때 이나가 느꼈던 온도는 딱 그 정도였다. 괜한 심술. 조금 따갑지만 크게 영향을 미치지는 않는 온도. 하지만 실제로 닿은 감각은 전혀 달랐다. 은수도 마찬가지였다. 손끝에서 느껴지는 서늘함은 기억 속 느낌과 꽤 달랐다. 어릴 때 '엄마~'하고 칭얼대며 소라에게 매달릴 때마다 목덜미와 팔, 손에 붉게 남던 자국들. 깊이 파고들수록 찡그려졌던 소라의 미간과 굳어지는 얼굴 근육, 서늘한 표정만이 선명했다. 그 한기가 피부에서 느껴졌던 냉기를 지워버린 걸까.

"괜찮아요."

이나가 자리에서 일어나면서 분명한 목소리로 내뱉었다.

다행이네요. 이거…

　진혀 다행이지 않게 잔뜩 벌게진 손이 보였다.
이나는 반대편 손으로 은수가 내민 위조 신분증을
받아 들었다. 카드 위에 늘어져 있는 숫자와 글자,
자신을 닮은 사진을 유심히 바라보았다. 그 어느 것
하나 익숙하지 않았다. 눈에 펼쳐진 글자를 목구멍
에 집어넣고 성대를 울려 입 밖으로 꺼내 보였다.
　"하… 이나?"

　그쪽 이름이에요. 앞에 붙은 건 성이고요.

　바다에서 불리던 이름이었지만, 육지의 언어
로 적으니 새롭게 느껴졌다. 어쩌면 앞에 붙은 한
글자 때문일지도 몰랐다. 고작 음절 하나 때문에 그
동안 익숙했던 이름이 낯설게 느껴지다니. 이나는
마음을 다잡았다. 하이나는 이나와 다른 삶을 살게
될 것이다.
　"네. 감사합니다."
　이나는 은수를 향해 그저 끄덕이던 고개를 멈

추고 목소리를 뱉었다. 하이나라면 왠지 그래야 할 것 같았다. 은수는 그런 이나가 제법이라고 생각했다. 그러면서 문득 소라를 떠올렸다. 엄마도 이곳에 처음 왔을 때 저런 모습이었을까?

이 일을 처음 제안한 건 소라였다. 소라가 의뢰인에 대한 이야기를 꺼낼 때만 해도 은수는 잘못 들은 거라고 생각했다. 소라는 은수가 했던 모든 일을 반기지 않았으니까. 신분증 위조, 핸드폰 사설 수리, 해커, 보물 사냥꾼까지…. 항상 불법과 편법 사이 아슬아슬한 경계를 서성이는 은수를 불안한 시선으로 바라봤지만, 소라는 아무 말도 하지 않았다. 그럴 만도 했다. 매달 빠지지 않고 생활비를 내는 것도, 오래된 가구나 가전을 바꾸는 것도, 갑자기 넘어진 철수의 어깨 골절 수술비를 대는 것도, 소라의 환갑 기념 여행 비용을 내는 것도 전부 은수였으니까. 그러면서도 때가 되면 두툼한 용돈 봉투를 내밀며 호탕하게 말했다.

"역시 남들이 안 하는 일을 해야 돈을 버나 봐요."

은수는 그럴 때마다 불편하게 종종대는 소라와 철수의 표정을 보는 게 좋았다. 단 한 번도 원하는 선택을 하지 못한 건 전부 그들 탓이라고 생각했고, 은수가 그저 평범한 직장에 다니길 바라는 그들이 가증스러웠다. 애초에 그건 불가능한 일이었다. 모두에게 당연한 일들이 은수에게는 단 한 번도 쉽게 허락되지 않았으니까. 그럴 때마다 은수는 일부러 더 엇나갔고, 철수는 침묵했으며, 소라는 결국 고개를 끄덕였다. 은수는 소라가 드는 게 백기가 아니라 손바닥이었으면, 바닥으로 고개를 떨구는 대신 자신의 등짝을 향해 스매싱을 날렸으면 했다. 그럴수록 은수는 더 열심히 위험한 일을 찾았고, 그렇게 받은 보수를 소라와 철수에게 아낌없이 뿌렸다. 하지만 이제는 증오도 사라진 지 오래. 그냥 적당한 거리를 유지하며, 최대한 부딪히지 않고 지내면 그뿐이라 여겼다. 그런 소라가 꺼낸 제안이라 놀라웠다. 솔직히 조금 기가 찼다. 그렇게 남들처럼, 안전한 일을 노래 부르더니 고작 물어오는 게 이런 거라고?

"의뢰인이 다른 곳에서 왔어도 나한테 하라고 했을 거예요?"

은수의 질문에 소라는 앞니로 위 아랫입술을

번갈아 가며 잘근잘근 씹기 시작했다. 그 침묵이 어떤 의미인지 알 것 같았지만, 은수는 소라의 대답이 듣고 싶었다. 이제는 전부 사라졌다고 생각했던 분노가 옅게 끓어오르는 기분이 들었다.

"됐다, 그만 해라."

고요를 깬 건 철수였다. 벌떡 일어난 은수는 거친 소리를 내며 방문을 닫았다. 소라는 무너질 듯한 표정으로 여전히 입술을 앙다물고 있었다. 철수는 그런 소라의 등을 가만히 쓸어주었다. 평생 그런 얼굴로 지내온 소라의 세월을 잘 안다는 듯. 소라는 이 세계에 두 발을 지탱하기 위해서 늘 온 힘을 다해야 했다. 그리고 그 표정을 은수에게만큼은 들키고 싶지 않았다. 혹여 자신의 얼굴을, 삶을 닮을까 봐, 그 운명이 물들까 봐 자꾸만 거리를 두게 되었다. 하지만 이번의 제안만큼은 거절할 수 없었다. 한 번쯤은 자신도 로빈에게, 다른 인어들에게 도움을 주고 싶었다. 무엇보다 이 일을 하다보면 은수와 소라의 관계가 조금 달라질 수 있지 않을까, 하는 섣부른 기대를 품었다. 어쩌면 은수의 마음 한구석에도 그런 바람이 자리할지도 모른다고, 자신의 뿌리를 조금 더 들여다보고 싶다는 마음, 그게 은수가 지금 준비하고 있는 사업에 뛰어든 진짜 이유일지도 모른다고 소라는 믿고 싶었다.

은수와 이나의 사이가 조금씩 벌어지기 시작했다. 이나는 속도를 높이며 부지런히 은수를 따라갔다. 걸을 때마다 입술을 꽉 깨물며 다리뼈에서 올라오는 뻐근함을 삼켰다. 움직일 때마다 다리를 스치는 치맛자락의 까슬함도 영 거슬렸다. 인간들은 대체 이렇게 거추장스러운 걸 어떻게 참아내는 걸까? 이나는 당장 벗어버리고 싶은 마음이 굴뚝 같았지만, 꾹 참았다. 하이나라면 그래야 하니까. 그나마 신발은 제법 괜찮았다. 단단한 구석 없이 보들보들하고 말캉한 살갗을 까칠한 육지의 표면으로부터 보호해 주었다. 푹신한 밑창 너머로 뾰족하게 올라온 무언가가 느껴질 때마다 이나는 다리에 긁힌 붉은 자국이 더 화끈거리는 기분이 들었다. 걸음 수가 늘어갈수록 발과 다리에서 느껴지는 낯선 감각에 조금씩 익숙해졌다.

점점 바다에서 멀어지고 있었다. 겨우 은수의 차로 가는 짧은 거리일 뿐이었지만, 이나에게는 생

애 첫 경험이었다. 입을 앙다물고 서두른 덕에 은수
와 나란히 발을 맞추어 걸었다.

하나, 둘. 하나, 둘…
나는, 할 수 있다.
나는, 할 수 있을까?
나는, 할 수 있다.

이나는 왼발에 하나, 오른발에 둘, 구령을 붙
이다 혼잣말을 바꾸어 넣었다.

할 수, 있을 거예요.

이나는 걸음을 멈췄다. 아, 은수가 들을 수 있
다는 걸 깜빡하다니. 앞으로 조심해야겠다는 생각
과 동시에 약간의 안도감이 들었다.
"고맙…습니다."
고개를 꾸벅 숙이고 이나는 몸을 돌려 바다를
바라봤다. 잠시 걸음을 멈추고 힘껏 숨을 들이 마
셨다. 점점 희미해지는 바닷바람과 향기를 듬뿍 몸

에 채우고 나서야 다시 육지를 향해 걷기 시작했다. 은수도 멈췄던 걸음을 다시 뗐다. 두 사람은 속도를 맞춰 걷기 시작했다. 각자의 걸음에 서로 다른 생각을 하나씩 얹으며.

'지금 어디로 가는 걸까?'

'몇 시쯤 집에 갈 수 있을까?'

'심은수는 인간일까?'

'하이나는 잘 적응할 수 있을까?'

'난 잘 적응할 수 있을까?'

'하이나 무리 전부를 다 확보할 수 있을까?'

'우리 무리를 다 데려올 수 있을까?'

은수가 조수석 문을 열어주었을 때, 이나는 어쩐지 조금 머뭇거렸다. 은수는 이나를 향해 설명했다.

타세요. 이걸 타고 이동할 거예요.

그럼에도 여전히 이나의 두 발은 그대로 서 있었다.

혹시 다리 불편해요?

이나는 고개를 내저었다. 은수 눈에 소라가 겹쳐 보였다. 어린 은수가 손을 잡아끌며 폴짝폴짝 달릴 때마다 버거운 얼굴로 질질 끌려오던 소라, 자신보다 훨씬 작은 아이의 걸음조차 따라가기 힘들어했던 걸음과 불편한 듯 찡그렸던 표정, 아프냐고 물으면 연신 가로젓던 고개 같은 것들이 불현듯 떠올랐다. 까맣게 잊고 있던 기억이었다. 그렇다고 믿고 있던 장면들이었다. 순간 아득해지는 은수를 지나 이나가 차 위로 힘껏 왼쪽 발을 올렸다.

차 문이 닫히자마자 이나는 숨이 막혀오는 것 같았다. 이나에겐 '차'라는 새로운 물건의 기능이 중요하지 않았다. 그저 놀라울 따름이었다. 인간들은 대체 이렇게 좁고 폐쇄적인 공간에 어떻게 들어가 있는 거지? 양 손을 꽉 말아쥔 이나에게 은수가 휴대폰을 내밀었다.

신분증, 그러니까 아까 준 카드 있죠?

"혹시 문 좀 열 수 있을까요?"

대답 없이 조수석 차창이 내려갔다. 깊은 호흡을 반복하는 이나를 보던 은수는 짧은 한숨을 내뱉었다. 아이패드에 표시된 타임 테이블과 시간을 번갈아 확인했다. 이대로라면 계획한 스케줄이 전부 밀려날 게 분명했다.

"그냥 인간 언어로 해주세요. 좀만 크게, 천천히, 또박또박이요."

이나가 신분증을 내밀며 말했다. 여전히 성대를 울리는 게 버겁고 인간의 주파수를 듣는 게 힘들지만, 한 마디라도 더 내뱉고 싶었다. 은수의 생각은 달랐다. 익숙하지 않은 언어로 대화한다면 모든 과정이 느리게 진행될 게 뻔했다. 둘에게 편한 인어의 언어로 하는 게 효율적이었다. 하지만 은수의 세계에선 돈을 많이 지급하는 자가 원하는 게 목표고, 그자가 말하는 게 법이었다. 은수는 흠흠- 목을 가다듬었다.

"이 정도면 괜.찮.아.요? 잘.들.려.요?"

이나는 고개를 과하게 끄덕였다. 그럴 때마다 네크라인 앞에 매달린 상품택이 대롱거렸다. 은수는 손을 뻗어 뒤집힌 옷에서 폴짝대는 택을 잡았다.

엇

"이.거. 떼.야.해.요. 아까는 잘 안 보여서."

"네?"

"아, 옷 뒤.집.어.입.었.어.요."

은수는 제 목덜미 부근 윗옷을 잡아 상표를 보여줬다.

"이게 붙어 있는 쪽이 뒤예요. 아, 이.거. 뒤."

가까워진 은수가 입을 벌릴 때마다 뿜어나오는 더운 김에 이나는 고개를 슬쩍 돌렸다. 아직 인간의 온기가 익숙하지 않았다. 은수도 덩달아 상체를 살짝 뒤로 빼고 손놀림을 더 서둘렀다. 빠르게 떼어낸 택을 옷 주머니에 넣고 차에 있던 껌 하나를 입에 넣고 하나를 이나에게 건넸다.

"껌이에요, 껌. 씹.어.요. 달.아.요."

과하게 입을 벌려 턱을 움직이는 은수를 따라 이나도 껌을 씹었다. 딱딱한 게 점점 찐득찐득 변하는 것도, 질겅거릴수록 은은하게 흘러나오는 단물

도 제법 괜찮았다. 껌을 씹으며 은수는 마지막으로
먹은 음식을 떠올렸다. 뭘 먹었는지 도무지 기억나
지 않았다. 양치질을 분명히 하고 나온 것 같은데,
그러고 나서 간식거리를 집어 먹었던가. 인어가 후
각에 유독 예민했던가. 은수는 이런저런 생각을 지
우며 이나의 휴대폰과 신분증을 다시 집어 들었다.

"일단 거기 신분증에 있는, 아, 여.기. 번.호.
외워요."

9로 시작하는 13개의 숫자. 그리고 010으로 시
작하는 11개의 숫자가 이나의 존재를 증명할 것이
라고 했다. 고작 24개의 숫자가. 은수는 이 번호의
중요성을 설명했다. 이나가 갖거나 소속될 모든 것
들을 위해서는 반드시 이게 있어야 한다고 했다. 이
를테면 집을 계약하거나 계좌를 개설할 때, 이메일
주소를 만들거나 홈페이지에 가입할 때도 항상 필요
하다고 했다. 물론 이나는 은수가 예로 드는 것들 대
부분을 이해하지 못했지만, 얼마나 중요한지는 알
수 있었기에 고개를 깊이 끄덕였다.

"대부분의 정.보.는 여.기. 들어 있어요."

그다음은 휴대폰이었다. 은수는 그 안에 거의

모든 것들이 들어 있다고 말했다. 다른 사람들과 연락하는 건 물론이고, 정보를 검색하고, 길을 찾고, 음식이나 물건을 주문하는 것도, 일을 구하고 연애 상대를 찾는 것, 사진을 찍고 영상을 촬영하는 것도 가능하다고 했다. 산호초 섬에 왔던 인간들이 손에 쥐고 있던 게 바로 이 휴대폰이라는 것도, 이걸로 촬영을 하고 있었다는 사실도 그제야 알게 되었다. 이나와 소렌이 처음 육지에 도달했을 때 주변 인간들이 자신들의 나체를 찍으려 했다는 사실엔 얼굴이 붉어졌다. 인어에겐 전혀 부끄러울 일이 아니었는데도 말이다. 벌써 조금 인간이 된 것만 같아서 잠시 으쓱한 기분이 들었다. 하지만 여전히 어려웠다. 휴대폰이라는 걸로 거의 모든 걸 할 수 있다는 것 빼고는 전부 알아들을 수 없었다. 대체 어떻게 그 모든 게 이 작은 기계 하나로 다 가능하단 말인지. 휴대폰 안에 수많은 인간들도, 지식도, 지도도 있다는 소린가. 상상이 안 갔다. 사방이 조용한 차 안에서 은수의 목소리는 아까보다 훨씬 선명하게 잘 들렸지만, 무슨 말을 하는지 도통 알 수가 없었다. 차라리 말소리가 잘 안 들릴 때가 나았다. 혼란스러움을 뚫고 위이잉- 위이잉- 진동 소리가 들렸다. 이제 이나의 소유가 된 휴대폰에서 나는 소리였다. 화면에 '심은수'라는 이름이 보였다.

"이건 내.번.호예요."

은수는 이나 휴대폰의 통화 버튼을 터치했다.

"이렇게 하면 전.화. 받을 수 있어요. 여.기. 대고 말. 말해봐요."

말이라고? 대체 무슨 말을 하라는 거지? 난감했지만 아무 말도 하지 않으면 무슨 말인지 이해하지 못한 것으로 오해받을지 몰랐다.

"말. 음… 안녕하세요. 이나입니다. 바다에서 왔어요."

뜬금없는 말에 은수는 웃음이 새어 나왔다. 이나는 별안간 터진 웃음의 의미를 알지 못했지만, 웃는 게 좋은 의미라는 건 알고 있었기에 따라 웃었다.

"흠흠."

웃음을 잠재운 은수가 휴대폰을 이나 귓가에 가까이 갖다 대고 제 팔목에 채워진 스마트 워치를 향해 고개를 돌렸다.

"저는 은수입니다. 육지에 살아요."

휴대폰에서 은수의 목소리가 흘러나왔다. 이나는 은수와 휴대폰을 번갈아 보았다. 대체 무슨 일이 벌어지고 있는 걸까. 자신 앞에 펼쳐진 상황을 정리하는 사이 통화 종료음이 울렸다. 새로운 소리에 이나는 다시 휴대폰을 귀에 가까이 가져다 댔다.

"아, 그건 통화가 끝났다는 거예요. 앞으로 필요한 게 있으면 나한테 전화하면 돼요. 아 전화는 어떻게 하냐면…"

은수는 이름을 검색해서 통화 버튼을 누르는 방법과 단축 번호 1번을 눌러서 바로 통화할 수 있는 방법을 모두 알려주었다. 설명하는 동안 은수는 자기도 모르게 자꾸 말하는 속도가 빨라졌고, 그럴 때마다 했던 말을 다시 천천히 반복하느라 이야기는 더디게 진행되었다.

"아, 이제 잘 들려요. 편하게 말해요."

"아, 네. 적응이 빠르시네요. 다행히."

이나의 말이 자신을 위한 배려인지, 진심인지 조금 헷갈렸지만, 어느 쪽이든 다행이라고 은수는 생각했다. 이나는 자신이 이해한 내용을 정리했다.

"멀리 떨어진 사람이랑 연락할 때 쓴다고요?"

"네. 인간은 인어랑 달라서 멀리 떨어지면 서로 목소리가 안 들리거든요. 그래서 이게 있어야 해요."

"아, 무슨 원리로 그렇게 되는 거예요?"

"네?"

휴대폰의 원리라니. 잘 흘러가다가 이게 뭔 뚱딴지같은 소린가 싶었다. 은수는 생각해 본 적이 없었다. 지구가 바다와 육지로 구성되어 있고, 하루가 낮과 밤으로 구분되는 것처럼 그저 자연스럽고 당연한 것으로 받아들였다. 태어났더니 휴대폰이 있었고, 모두가 이걸로 소통하고 생활했다. 남들처럼 그저 사용법을 배웠을 뿐이었다. 물론 학교에서 언젠가 휴대폰을 만드는 데 필요한 기본 원리들을 배웠겠지만, 꺼낼 수 없을 만큼 아득한 곳에 저장된 기억일 뿐이었다. 이걸 뭐 어떻게 설명한단 말인가.

"바다에서, 그러니까 그쪽 동네에서 주로 뭐 먹었어요?"

"네? 뭐, 청어나⋯⋯."

"그래요. 그럼 청어로 합시다. 고향에서 청어 잡는 법이 중요해요? 아니면 청어의 신체 구조, 서식지 같은 게 중요해요?"

"뭐, 신체 구조나 사는 곳을 알면 아무래도 잘 잡겠죠?"

"아니, 제 말은…… 하아, 그러니까."

은수는 속에서 갑자기 더운 게 훅 올라오는 기분이 들었다. 휴우- 이걸 대체 어떻게 설명한담. 은수가 던지는 질문은 '왜'가 아니라 '어떻게'였다. 주어진 상황이 왜 발생했는지 물어봤자 명확히 설명해 주는 이는 없었고, 이제는 알고 싶지도 않았다. 그저 주어진 상황을 어떻게 헤쳐 나가야 하는지, 가장 높은 효율을 얻을 수 있는 방법은 도대체 무엇인지, 은수가 궁금한 건 그런 것들이었다. 하지만 이나는 큰 고객이었다, 다시 한번 깊은 호흡을 내뱉었다. 침착하자. 마음을 겨우 진정시키고 나니 옆얼굴이 화끈거렸다. 뚫어질 듯 바라보는 이나의 시선이 고정되어 있었다. 뭐지? 뭐, 어쩌라고. 싶은 그 순간, 이나의 투명한 표정이 선명하게 들어왔다. 옴짝달싹 못 하는 입술과 흔들리지 않는 시선으로 은수를 바라보고 있었다. 조소나 승리의 부스러기 따윈 한 톨도 섞이지 않은, 순도 100%의 궁금증으로 가득 채워진 얼굴이었다.

"그러니까…… 음, 궁금해하지 마세요. 그냥 받아들여요. 남들처럼. 그게 편해요."

"아…….."

"이것만 기억해요. 이곳에선 이걸로 모든 걸 할 수 있어요. 그러니까 절대 잃어버리면 안 돼요. 알았죠?"

"돈은요? 돈이 그런 거 아니에요?"

로빈은 파견 대원들에게 인간 세계에서 제일 중요한 건 돈이라고 말했다. 모든 걸 가능하게 하는 건 바로 그 돈이라고 배웠다. 근데 휴대폰도 그런 거라고?

"돈도 그렇죠. 근데 돈이 바로 여기에 들어 있어요. 그래서 이걸로 모든 물건을 살 수 있어요."

이나는 머리가 지끈거렸다. 속이 울렁거리는 기분도 들었다. 이나의 낯빛을 본 은수는 다른 모든 좌석의 창문을 반쯤 내렸다.

후-

이나는 깊은 호흡을 내쉬었다. 막막했다. 대체 인간 세계는 눈에 보이지 않는 것도, 중요한 것도 왜 이리도 많은 걸까. 답답했다.

"괜찮아요?"

"아, 네. 괜찮아요. 죄송해요."

언제나 새로운 탐험을 좋아하는 이나였다. 그런데 육지에 도착하자마자 의욕이 꺾이기 시작했다. 바다에서의 모험이 익숙한 감각 속에서 낯선 그림을 찾는 재밌는 게임이었다면 육지에서의 임무는 가만히 존재하는 것조차 세심하게 신경을 써야 하는 생존의 장이었다. 이나는 이제야 자꾸 튀어나오는 통증의 원인을 알 것 같았다. 답답하고 막연한 실체를 파악해야 하는 막중한 임무의 무게, 그것이 부르는 현기증이었다. 새로운 세계를 향해 달려들던 수많은 질문은 결국 방향을 틀어, 이나 자신에게 향했다. 내가 정말 이곳에 적응할 수 있을까? 우리 무리를 여기에 적응시킬 수 있을까? 이 시스템을 전부 이해할 수는 있을까? 아득한 물회오리 속으로 빠져드는 기분이 들었다. 그렇다고 마냥 가라앉을 수만은 없었다. 이나는 부스럭거리며 무언가를 꺼냈다. 천연 진주였다. 은수는 빠르게 모든 차창을 올린 뒤에야 건네받은 진주를 차 실내등에 비춰보았다. 은수의 엄지손톱보다 조금 큰 크기의 진주는 한눈에 봐도 꽤 품질이 좋아보였다. 전체적으로 찌그러진 구석 없이 선명한 구체였고, 표면은 상처 없이 반지르르하게 빛났다. 색은 익숙하게 본 하얀색부터 아이보리, 약간 붉은 기가 도는 핑크, 흑빛을 품은 그레이까지 다양했다. 하나의 구체 안에서 균일한 색감을 유지하는 진주알은 여러 색을 한데 모아둬도 지나침 없이 은은하고 우아하게 빛났다. 은수는 준비해 온 천 주머니에 색깔별로 따로 조심스레 진주를 옮겼다. 만족스러운 표정이었다.

"그 정도면 될까요?"

한 줌을 건넨 이나는 주머니 속 진주알을 만지작거렸다. 육지에서 진주가 꽤나 값이 나간다는 말을 듣긴 했지만, 그게 어느 정도인지 알 수 없었다. 로빈도 대략적인 정도만 추측할 뿐이라고 할 정도니 이나는 은수에게 받은 휴대폰이며 신분증, 뒤이어 건네받은 생존 필수템 패키지가 진주 몇 알의 가치인지 가늠할 수조차 없었다. 그런 이나가 할 수 있는 거라곤 일단 은수를 믿는 것뿐이었다.

"일단 이 정도만 가져갈게요. 남으면 돌려주고, 모자라면 더 청구하죠. 그리고…"

"…네?"

"음… 그러니까, 그게… 그렇게 자꾸 만지작대면 진주 가치가 떨어져요. 살살 다뤄야 해요, 살살."

"아…"

이나는 손에 쥐었던 진주를 놓았다. 가벼운 마찰음을 내며 진주는 주머니 속 다른 진주들과 함께 섞였다.

"웬만하면 만지지 말고, 직사광선은 피하는 게 좋아요. 서늘한 곳에 보관하고. 아, 진짜 중요한 건…."

진짜 중요한 것 앞에서 은수는 잠시 호흡을 멈췄고, 이나는 자신도 모르게 귀를 은수 쪽으로 바짝 가져다 댔다.

"집에 잘 숨겨놔야 해요. 룸메한테 들키면 안 되니까."

은수는 귀하고 중요한 것일수록 잘 숨겨야 한다고 말했다. 이나는 생각했다. 그렇다면 자신이 숨겨야 할 건 진주가 아니라 진주를 캐던 순간이라고. 육지로 파견되기 위해서는 진주가 필요하다고 말해주던 로빈의 목소리, 진주를 찾기 위해 누볐던 넓은 바다, 진주를 꺼내기 위해 조개와 나누었던 많은 대화, 그 이야기를 들으며 흐느끼는 것만 같던 소렌의 음성 같은 것들. 그런 상념 속에서 이나를 건진 건 은수의 목소리였다.

"그럼 실전을 경험하러 가볼까요?"

도착한 곳은 밖과 달리 환했다. 직접적으로 쏘아대는 하얀 조명 때문에 이나의 미간이 잔뜩 찡그려졌다. 겨우 눈을 제대로 뜬 이나는 다리에 힘이 풀리는지 풀썩 주저앉았다. 은수는 당황한 기색 없이 그런 이나를 부축했다. 정확히는 이나의 몸이 아닌, 이나가 메고 있는 작은 가방과 그 끈을 단단히 잡았다.

"너무 환해서 적응이 안 되는 거예요. 곧 괜찮아질 거예요."

제대로 눈을 뜰 수 없는 이나는 조금 놀란 표정을 지었다. 은수는 이나의 옷깃을 잡고 안경사에게 다가갔다.

"저희 엄마랑 같은 증상이에요."

안경사는 이나를 힐끗 보더니 얇은 장갑을 꺼

내 양손에 끼었다. 기계 앞으로 이나를 안내하는 그의 손이 이나의 팔꿈치에 닿았다. 이나는 자기도 모르게 움찔했는데, 놀랍게도 아무런 상처가 나지 않았다. 안경사가 낀 저온 장갑 덕이었다. 하지만 이나는 그저 거칠게 눈을 비벼대느라 바빴다. 은수가 일시적 현상이라고 설명하긴 했지만, 믿을 수 없다. 인어가 아니고서야 내 속을 어찌 알까 싶었다. 육지에 오자마자 시력을 잃는 건 아닌지 가슴이 철렁 내려앉았다. 침착해야 한다고 했던 로빈의 말을 떠올렸다. 육지에서는 시력과 청력이 떨어질 수 있다고 했다. 하지만 이 정도일 줄은 몰랐다. 안경을 쓰고도 이나의 구겨진 미간은 완전히 펴지지 않았다.

고향에서는 엘리트로 손꼽히던 이나였다. 거대하게 움직이는 청어 떼를 잡기 위해 누가 어디에 매복할지 위치를 가늠하고, 멀리서 감지되는 상어의 위치를 체크하며 속도와 거리, 도착 시간을 빠르게 계산하고 앞장서 행동했다. 분석은 정확했고, 판단은 신속했으며, 행동은 민첩했다. 앞으로는 절대 그만큼 어깨를 펼치고 그런 표정을 지을 수 없겠지. 동료들과 의견을 주고받으며 상어에 노출되지 않고 청어를 손에 넣던 그 짜릿함도 다시는 느낄 수 없을 것만 같았다. 육지에서 이나는 그저 모든 게 흐리멍덩한 기분이었다. 떠 있는, 아니 서 있는 곳 하나 바뀌었을 뿐인데 너무 많은 게 달라졌다. 그런 육지의 인어를 돕는 도구라니. 이나는 문득 궁금해 졌다. 혹시 이곳 주변에 벌써 많은 인어들이 정착한 건 아닐까. 그 마음을 읽기라도 한 건지 은수가 빠르게 말했다. 보청기 덕인지 아까보다 훨씬 선명하게 들렸다.

"여긴 인간을 위한 공간이에요."

이나는 잠시 주춤했다. 내가 인어 언어로 혼잣말을 했던가. 어떻게 내 마음을 읽었지?

"저랑 비슷한 증상을 가진 인간이 많은가요? 분명 아까 엄마랑 같은 증..."

"결제도 직접 해보세요."

말이 채 끝나기도 전에 자신의 말을 낚아챈 은수를 이나는 잠시 바라보았다. 이나를 무시한다기보다 무언가를 숨기려 하는 표정이었다. 이나는 새롭게 던진 화제로 재빨리 넘어가기로 했다. '인간의 이해' 수업에서 인간은 비밀을 품는 습성이 있다고 배웠기에.

"결제요?"

"네, 지금 이나 씨가 맞춘 안경이랑 보청기 값을 지불하는 거예요."

아, 드디어 육지 인간 생활의 첫걸음이구나. 이나는 두근거리는 마음을 진정시키며 진주 주머니에 손을 넣었다. 그때, 은수의 손이 이나의 옷자락을 가볍게 잡아당겼다. 아차, 이나는 뭔가 잘못되었음을 알아챘다. 진주는 은수에게 지불하기 위해 가져온 것이고, 여기에서는 돈을 사용해야 한다. 그런데…

난 돈이 없는데요?

이나는 빠르게 음파를 보내고 안경사를 슬쩍 살폈다. 알아듣지 못한 눈치였다. 역시 그냥 인간인가. 왠지 조금 김이 새는 기분이었다. 은수가 눈짓으로 휴대폰을 가리켰다. 아, 맞다! 여기에 돈이 들어 있다고 했지. 애써 아무렇지 않은 척했지만, 머리는 새하얘졌다. 이나를 뚫어지게 바라보는 은수

의 시선은 더욱 사고 회로를 더디게 만들었다. 휴대
폰을 바라보자마자 잠금은 바로 풀렸지만, 화면에
펼쳐진 수많은 어플 중에 대체 무엇을 눌러야 할지
난감했다. 애꿎은 휴대폰만 계속 터치했다.

"잘 안 보여요?"

"네? 네. 뭐가 뭔지 잘…"

이나는 괜스레 멀쩡한 안경을 만지작거리며
능숙하게 움직이는 은수의 손가락 끝에서 빠르게
변하는 화면을 부지런히 따라갔다. 카드 화면이 나
오자, 이나는 휴대폰을 안경사에게 내밀었다. 한 고
비가 지났다는 안도감과 함께. 그런데 웬걸. 안경사
는 또 다른 기계를 가리키는 게 아닌가. 뭐? 대체 어
쩌란 말이지? 가리키지만 말고 말을 하라고! 당황
하는 이나에게서 은수는 휴대폰을 뺏어 포스기에
가져다 댔다.

"자, 이제 됐어요."

"네? 뭐가요?"

"결제요. 이나 씨가 산 물건값이 사장님한테
갔다고요."

"아무것도 안 줬는데요?"

"아까 말했죠? 돈이 여기에 들어있다고."

"네, 그런데 어떻게⋯."

"그냥 외워요. 돈은 우리 눈앞에서 움직이지 않아요."

"내 돈이 얼마나 있는지, 사장님한테는 잘 갔는지 어떻게 알아요, 그럼?"

그러고 보니 육지에서 그렇게 중요하다는 돈을 이나는 여태껏 한 번도 보지 못했다. 돈은 실제로 눈에 보이지 않는 건가? 모든 물건을 보이지 않는 돈으로 사고파는 건가? 눈에 보이지도 않고, 실제로 만져지지도 않는 것들로 거래한다니 믿을 수가 없었다. 그건 마치 눈에 보이지도, 손에 잡히지도 않은 가상의 고등어를 다른 인어에게 건넸다고 치고, 바다 물개잡이를 나갈 때 같이 힘을 보태달라고 하는 격이나 마찬가지 아닌가. 보이지 않는 걸 거래하고, 그걸 믿으면서 쌓아간 세계가 이렇게 거대하고 튼튼하게 뻗어 나간다니 너무도 신기했다. 아니, 조금 이상했다. 갸우뚱하는 이나 앞에 은수는 이나의 휴대폰 화면을 내밀었다. 이나 이름으로 개설된 계좌 내역이었다.

"여기 숫자 보이죠? 이 숫자가 움직일 거예요. 이걸로 확인하면 돼요."

숫자라면 지긋지긋할 만큼 익혔다. 육지 세계는 숫자로 이루어진다고 들었기에. 하지만 여러 개의 0이 찍힌 그 액수가 안경과 보청기에 지불한 비용이라는 은수의 말에 정신이 번쩍 들었다. 문득 아까 은수에게 건넸던 진주가 생각났다. 그 진주는 0을 몇 개나 만들 수 있는 걸까? 0이 많을수록 육지에서 풍요롭게 살 수 있다는 걸 이나는 직감했다. 아까 은수가 건넨 계산서도 다시 찾았다. 가방에 아무렇게나 처박혀 있던 종이를 펼쳐서 뚫어지게 바라봤다. 이나가 입은 옷과 신발, 신분증, 휴대폰값, 집세와 각종 수수료… 그 옆엔 수많은 0이 적혀 있었다. 진주와 맞바꾼 숫자들이었다.

2

인간에게 집은 여러 의미를 가진다. 따스한 보금자리, 평생의 소원, 징글징글한 전쟁터, 제2의 일터, 자랑, 수치심… 하지만 이나에겐 그저 물음표였다. 이나가 살던 곳에 집은 존재하지 않았다. 모두가 그저 넓은 바다를 공유하며 살아갈 뿐이었다. 그래서 모건 전설 속에 나오는 여러 집을 마주할 때마다 이나는 구체적인 형상을 그리기가 어려웠다. 추위나 더위, 폭풍과 눈, 비 따위를 피하기 위해 집이 필요하다는 설명에도 고개를 갸웃거렸다. 인어들에게는 그마저도 생소했기에. 그런 것들을 피하기 위해서는 어떤 게 필요할지 알 수 없었다. 대신 이나가 피하고 싶은 것들을 상상했다. 저인망 어선, 상어, 고래, 방사능 오염수, 미세 플라스틱, 쓰레기, 굶주림, 죽음……. 이런 것들을 피하려면 아주 단단하고 빈틈없는 공간이 필요할 것 같았다. 하지만 외부와 완벽히 차단된 공간에서 삶을 이어가는 게 가능할까? 그 견고한 벽에 생존을 위한 틈을 내면 도처에 깔린 위험이 한없이 빨려들 것이다. 피할 수 있긴 한 것일까? 생각할수록 풀리기는커녕 알쏭달쏭했다. 흐릿하기만 했던 육지를 실제로 보면 좀 선명해질 줄 알았건만 어리석은 기대였다.

"이나 씨가 살 집이에요. 날이 밝는 대로 갈 거예요."

분명 은수가 '집'이라고 했다. 하지만 휴대폰 안에 들어 있는 '집'은 이나의 상상과 크게 달랐다. 무엇보다 이나가 제일 먼저 세웠던 단단한 장벽이 보이지 않았다. 이렇게 뻥 뚫린 곳에서 대체 어떻게 인간을 괴롭히는 것들을 피한다는 건지 이해할 수 없었다.

"직접 보기 전에 미리 알고 가면 좋을 것 같아서요."

은수가 보여준 공간은 집의 내부였다. 휴대폰 화면을 터치하며 은수는 거실과 주방, 화장실, 방의 쓰임에 대해서, 그 안을 채우고 있는 싱크대와 냉장고, 변기와 세면대, 침대와 책상의 필요와 사용법에 관해서 설명했다. 최대한 간략하게 말해주겠다고 했지만, 점점 이야기가 불어났다. 주방만 해도 주로 요리와 식사를 하는 공간이라는 것에서 끝

나지 않았다. 요리라는 게 무엇인지, 어떻게 하는
것인지, 그 요리에 필요한 가스레인지나 전자레인
지, 에어프라이기와 오븐은 각각 무슨 용도인지, 냉
장고는 또 어디에 쓰는 물건인지, 냉장실과 냉동실
은 어떻게 다르며 각각 무엇을 보관하는지를 일일
이 설명해 주었다. 이제 겨우 주방을 설명한 것뿐이
었는데 이나 눈앞으로 수많은 사진이 스쳤고, 그걸
전부 기억할 수 있을지 조금 걱정이 되었다. 인간은
무슨 요리를 그렇게 복잡하게 하는지, 가전제품들
은 왜 그렇게 많은지, 모든 인간들은 정말 그 용도
를 헷갈리지 않고 잘 이용하는지 궁금하기도 했고,
놀랍기도 했다. 그게 끝이 아니었다. 프라이팬, 냄
비, 밥솥, 티포트… 각각의 용도를 명확히 구분해야
한다고 했다. 점점 일그러져 가는 이나의 얼굴 위로
은수는 계속 말을 이어갔다. 화장실, 거실, 방, 베란
다, 그리고 빌라라는 공간까지.

　순식간에 많은 정보들이 멸치 떼처럼 밀려드
는 기분이었다. 손만 뻗으면 한 움큼 집어 입에 넣
고 오물거릴 수 있는 멸치와 달리 이건 전혀 소화
시킬 수 없었다. 용변을 왜 화장실 변기에만 봐야

하는지, 왜 매일 아침, 저녁으로 세수하고 식사 후에는 양치질을 해야 하는지 그 이유를 알 수 없어 더 더부룩했다. 은수는 그저 모두가 자연스럽게 하는 일이니 똑같이 하는 게 좋다고 말했다. 모든 인간의 눈이 두 개이고, 입이 한 개인 것처럼 당연한 현상이라고.

"눈이 한 개, 입이 두 개인 인간이 어딘가 있을 수도 있지 않을까요?"

이나의 뜬금없는 말에 은수는 옅은 한숨을 쉬었다.

"그냥 외우세요."

"네?"

"이해가 안 되면 그냥 외우라고요. 여기 온 목적이 인간 세상 탐구가 아니라 적응 아닌가요? 인간처럼 사는 게 중요하잖아요."

"아."

"가장 중요한 건……"

"들키지 않는 거예요."

"……?"

"그들과 다르다는 사실을요."

이나는 생각했다. 은수의 말은 늘 아리송하다고. 분명하게 불분명한 말을 한다고. 그건 언제나 모호함 앞에 놓였던 은수가 할 수 있는 최선이었다. 집 밖을 나오는 매 순간, 은수는 자신을 향해 쏟아지는 분명한 시선을 느낄 수 있었다. 바다에서 뛰쳐나온 소라의 유전자는 숨길 수 있었지만, 철수에게서 물려받은 다름은 너무도 분명했다. 국적과 외모는 철수나 은수라는 이름으로 덧칠한다고 해도 포장될 수 없었다. 모두 은수에게 '우리는 같다'고, '친구'라고 말했지만 거짓이었다. 은수만 안 되는 건 너무 많았다. 수학여행을 갈 수 없었고, 학교 대표로 경시대회를 나갈 수도 없었으며, 이메일 계정을 만드는 것도 어려웠다. 매번 반이 바뀔 때마다 자신을 설명해야 하는 것도 지쳤다. 가끔 이유 없이 싸늘하거나 비아냥거리는 눈빛을 마주할 때마다 차라리 주먹을 날려주길 바랐다. 선명한 상처는 오히려 싸울 근거가 될 수 있으니까. 은수가 은근한 폭력을 견디는 법은 감추는 거였다. 이나도 그래야 한다고 생각했다. 생존 가능성과 관련된 의문이 아니라면 빨리 수용하고 적응하는 게 유리했다. 이나도 그런 은수의 말이 일리가 있다고 생각했다. 이곳에서 잘살아 보려고, 잘 살 수 있을지 알아보려고 온 것이니까.

'그래, 묻지 말고 외우자.'

지금으로서는 은수의 데이터를 신뢰하는 편이 낫다고 판단했다. 새로운 상황에서는 최대의 이익보다는 최소의 손실이 최선이었다. 그게 이나가 배운 생존의 법칙이었다.

모처럼 한가한 주말이었다. 평소라면 종일 침대에서 뒹굴어도 시원찮았지만, 시현은 연신 울려대는 휴대폰 알람을 끄고 또 껐다. 7시 30분부터 5분 간격으로 맞춰놓은 알람이 벌써 6개째 울리고 있었다. 더는 미룰 수 없다. 한 시간 정도 후면 새로운 하우스 메이트가 도착할 것이다.

"으아아아앙-"

이른 시간도 괜찮다고 했던 과거의 자신이 미치도록 원망스러운 시현은 누운 채로 허공을 향해 발길질을 해댔다. 하지만 되돌릴 수 없다. 자리를 박차고 일어나 화장실로 향했다. 급히 샤워를 마치고 하수구에 걸린 머리카락을 정리하다 보니 세면대 수도꼭지 얼룩이 신경 쓰였다. 그걸 닦아내고 나니 이번엔 거울에 튄 치약 자국이 거슬렸다. 결국 마르지 않은 머리를 대충 수건으로 말고 청소 솔을 꺼내 들었다. 변기와 타일을 전부 닦아내고 씻어 낸 쓰레기통을 뒤집어 말린 뒤에야 화장실에서 나왔다. 8시 45분. 시간이 좀 애매하긴 했지만, 청소기를 한번 돌리기로 했다.

위이이잉-

주말 아침부터 이사 오겠다니. 대체 어떤 사람일까? 아침형 인간인가? 부지런한 사람과 함께 살면 덩달아 건강해질 수 있으니 좋은 일이었다. 시현은 자신과 조금 비슷하거나 배울 점이 있는 사람과 함께 살고 싶었다. 물론 가능하다면 혼자 살고 싶었다. 하지만 원룸은 싫었다.

원룸. 시현의 이십 대를 구겨 넣은 공간이었다. 기를 쓰고 겨우 매달려 입성한 수도권이었다. 집을 벗어나 새로운 세계로 진입한다는 설렘, 그 모든 걸 스스로 이뤄냈다는 뿌듯함으로 커다란 도시를 휘젓고 다녔다. 하루 종일 벅차게 뻐근한 가슴은 매일 밤 조그만 기숙사 방이나, 학교 근처 원룸에 욱여넣었다. 졸업하고도 크게 달라지지 않았다. 아르바이트 같은 외부 일정이 아닌 이상 돈을 아끼기 위해 집에서 주로 시간을 보냈는데, 그럴 때마다 시현의 움직임을 좁디좁은 세계에 맞춰야 했다. 모든 게 한 공간에 들어 있는 곳에 있으면 삶이 잠과 배변으로만 구분되는 것만 같았다. 잠과 식사, 요리와 취미가 전부 분리된 공간에서 살고 싶었다. 잠만 자는 집 말고, 잠도 자는 집에서 자고 싶었다.

시현이 처음 정규직 일자리를 구했을 때 제일 먼저 알아본 것도 바로 집이었다. 몸을 구겨 넣는 방이 아니라 팔다리를 쭉 뻗고 등을 편히 누일 수 있는 집. 문제는 돈이었다. 매달 나가는 월세는 아까웠지만, 그렇다고 집을 살 엄두는 나지 않았다. 결국 시현이 택한 건 전세였다. 시도 때도 없이 직장에 불려 나가기 쉬운 업무 폭탄 사정거리는 피하되 자전거로 출퇴근이 가능한 위치를 가늠했다. 틈나는 대로 부동산 어플을 뒤졌고, 부동산 관련 카페도 수시로 들락거렸다. 마지막으로 집 구할 때 체크해야 할 리스트를 정리한 뒤에야 부동산에 연락

했다. 메모해 두었던 내용을 참고해서 자신이 원하는 조건을 하나하나 내밀었다. 공인중개사는 시현에게 꼼꼼하다고 말했지만, 세상 물정을 모르는 풋내기를 바라보는 눈빛이었다. 그 노련함 앞에 설 때마다 시현은 잔뜩 움츠러들었지만, 신중히 선택하고 싶었다. 괜찮은 집이 나왔다는 연락을 받을 때마다 호흡을 고르고 체크리스트를 머릿속에 정리하며 사무실 문을 나섰다. 공인중개사들의 업무 시간에 맞춰야 했기 때문에 시현이 가장 사랑하는 점심 시간이나 퇴근 시간에 재빨리 뛰어나가야 했다. 끼니를 삼각김밥이나 에너지바로 때우는 날이 많았지만, 상관없었다. 그 모든 건 미래의 스위트 마이 홈을 위한 투자였기에.

꽤 마음에 드는 집을 발견했다. 문제는 돈. 시현의 예산을 조금 초과하는 금액이었다. '이런 집 없다'라는 중개사의 말에 마음이 흔들리긴 했지만, 출렁일 통장을 생각하면 주저할 수밖에 없었다. 그러는 사이 매물은 다른 이의 공간이 되어버렸다. 그런 일이 반복될수록 시현의 마음은 더 조급해졌다. 망설이는 사이 누군가가 시현의 기회를 뺏어갈 것만 같았다. 원룸의 계약기간 만료일도 다가오고 있었다. 대출받아 집을 사는 게 이득이라는 사람들의 말과 저금리의 대출 이자도 시현을 마구 흔들어 댔다. 모두가 시현을 향해 외치는 것만 같았다. '지금이야, 빨리. 더 늦으면 네 집 따윈 없어.'라고.

초조함이 턱밑까지 차올랐을 때, 그 집을 만났다. 지은 지 오래되지 않아 깔끔한 건물도, 거실을 널찍하게 사용할 수 있게끔 잘 빠진 구조도 마음에 들었다. 무엇보다 볕이 환하게 드는 게 마음에 쏙 들었다. 베란다에 토마토나 상추, 바질 같은 걸 심어도 좋을 거 같았다. 푸른 풀에 물을 주며 마음속에 품은 꿈도 쑥쑥 자라나는 상상을 했다. 하지만 수억대의 근저당이 잡혀 있다는 점이 좀 꺼림칙했다. 그런 시현의 머뭇거림을 눈치챈 중개사가 입을 열었다.

"아유, 요즘 근저당 없는 집이 어딨어요."

"그래도 좀 위험한 거 아니에요?"

"근저당 안 낀 집은 없어요, 없어. 젊은 사람들은 이렇게 뭘 모른다니까. 원래 빚이 다 재산이에요. 담보 잡힐 게 있는 게 부자지. 막말로 자기나 나나 뭐 저당 잡힐 거라도 있어? 안 그래요?"

듣고 보니 맞는 말 같기도 했다. 몇십억이 넘는 건물을 가진 건물주가 전세 보증금 고작 몇천을 내어줄 능력이 안 되겠냐는 중개사 말에 고개가 끄덕여졌다. 신중에 신중을 기하는 어른이고 싶었지만, 뭣 모르는 주제에 괜스레 유난을 떠는 사회 초년생처럼 보이고 싶지 않았다. 그래도 확신이 서진 않았다. 이렇게 큰돈이 들어가는 계약은 난생처음이었기에. 주저하는 마음에 쐐기를 박은 건 중개사의 마지막 말이었다.

"고민하면 늦어요. 이따 또 다른 사람이 보러 오기로 했거든. 위치 좋지, 볕 잘 들지, 전망 좋지, 깨끗하지. 보자마자 나갈걸요. 막말로 나야 뭐 누가 계약해도 상관없어요. 놓치면 시현 씨만 손해지 뭐. 내 자식 같아서 하는 말이야, 진짜."

결국 계약하기로 했다. 그동안 아르바이트하며 모은 돈과 월세방 보증금을 전부 끌어모아도 전세 보증금이 채워지지 않았다. 주식을 팔자니 손해 본 돈이 생각나 속이 뒤집어졌고, 부모님께 도움을 청하자니 면목이 없었다. 아빠의 퇴직금으로 시작한 편의점도 사정이 좋지 않았다. 가게를 비울 수 없는 아빠는 식당 아르바이트를 뛰며 생활비를 보태는 엄마의 눈치를 자꾸 봤고, 엄마는 그런 아빠에게 자주 화를 냈다. 그런 두 사람이 오랜만에 손을 맞잡고 해사하게 웃은 게 바로 시현이 취업 소식을 전한 날이었다. 이제는 한시름 놨다며 소고기를 구웠다. 그 고소한 장면에 재를 뿌릴 순 없었다. 다행히 세상은 시현의 편이었다. 청년, 대출, 전세 등의 키워드를 조합해 1퍼센트대 저금리 청년 전세 대출 제도를 알아냈다. 물론 그건 끝이 아니라 시작에 불과했다. 여러 장의 서류를 들고 부동산 계약과 은행 대출 사이를 오가야 했고, 그 과정에서 수시로 알 수 없는 용어들을 마주했다. 그럴 때마다 튀어나오는 조바심을 감추기 위해서 안간힘을 썼다. 매일 인터넷을 검색하며 불안감을 지워갔고, 난생처음 큰돈이 시현의 통장을 스쳐 갈 때는 손이 덜덜 떨렸다. 막상 버튼 하나에 거품이 빠져나가듯 쪼그라드는 잔고를 보면서 이 모든 게 꿈처럼 아득하게 느껴졌다. 오히려 전세금 반환 보증보험에 가입이 되지 않아 굳게 되는 몇만 원이 더 선명하게 와닿았다.

퇴근 후, 괜스레 여기저기 기웃거리던 시현은 이제 무조건 집으로 곧장 향했다. 중고 거래로 저렴하게 구매한 테이블에서 식사하거나 유튜브를 봤고, 이사 기념으로 친구들이 선물한 예쁜 컵에 커피를 내려 마시기도 했다. 눈여겨보던 은은한 조명과 큰마음 먹고 구매한 스피커에서 흘러나오는 음악까지 더해지면 유명한 카페도 부럽지 않았다. 여유로운 시간을 보내고 부드러운 탄성이 느껴지는 매트릭스 위에 누워 하루를 마무리하면 이게 바로 사는 맛이구나, 싶었다.

물론 시현이 원하는 세계를 완성하는 데는 꽤나 많은 노력과 시간, 에너지가 들었다. 비용을 아끼기 위해 열심히 중고 거래 사이트를 뒤지고 최저가를 비교해 보았지만, 돈이 아예 안 드는 건 아니었기에 최대한 불필요한 지출을 줄여나갔다. 자전거로 출퇴근했고, 점심은 도시락으로 해결했으며, 불가피한 약속만 잡았다. 그럼에도 매달 나가는 대출 이자와 고정비용이 여전히 부담스러웠다. 숨만 쉬어도 나가는 지출에 한숨이 나왔지만 그렇다고 숨만 쉬기엔 좀이 쑤시는 나이였다. 고심 끝에 시현이 생각한 방안은 바로 하우스 메이트였다. 방 하나를 내주고 거실과 주방, 화장실 정도를 함께 쓰는 대신 월세와 관리비 절반을 받을 수 있다면 꽤나 괜찮은 거래인 것 같았다. 다만, 그 셈법은 시현의 머릿속에서 나와 현실에 펼쳐졌을 때 자꾸만 삐그덕거렸다.

1년 가까이 수많은 사람들이 들어오고 나갔지만, 마음에 드는 사람은 하나도 없었다. 툭하면 친구를 불러들여 도대체 몇 명과 같이 살고 있는지 헷갈리기도 했고, 잠이 덜 깬 아침에 속옷 차림의 낯선 사람과 마주하고 기겁한 적도 있었다. 그 뒤로는 무조건 조용한 사람을 찾아 계약했지만, 동거인이 하루 종일 집에만 있는 것도 딱히 좋지는 않았다. 분명 시현의 집인데도 거실과 주방을 항상 차지하고 있는 메이트 때문에 자꾸 눈치가 보였다. 그래놓고 오히려 시현에게 자꾸 눈치를 준다며 불만을 표하기도 했다. 결국 서로의 탓을 하다 상대가 '더럽고 치사해서 더 이상 못 살겠다'라고 말했을 때, 시현은 속으로 만세를 외쳤다. 그리고 다짐했다. 다시는 메이트를 구하지 않으리라. 하지만 언제나 그렇듯 생은 시현의 계획대로 흘러가지 않았고, 또다시 동거인을 구할 수밖에 없었다.

새로운 메이트는 실제로 본 적 없지만 까다롭지 않았다. 다른 사람들이 고개를 절레절레 젓던 시현의 매뉴얼도 별말 없이 수락했다. 일단 3개월 먼저 살아보고 이후 계약 연장하겠다는 부분과 석 달 치에 해당하는 월세를 선입금하겠다는 점은 유독 마음에 들었다. 한 가지 걸리는 점이 있다면, 시현과 연락을 주고받고 계약을 한 사람이 입주자인 하이나가 아니라 그의 사촌인 심은수라는 점이었다.

이사 당일에도 그랬다. 인사를 하고 분위기를 이끈 건 은수였다. 이나는 그 뒤에 삐죽 서 있다 어색하게 고개를 숙이는 게 전부였다. 얼결에 같이 고개를 숙이며 시현은 지나치게 하얀 이나의 얼굴과 목, 팔과 손, 발목을 바라봤다. 투명하게 하얀빛이 랄까. 가까이 다가가면 제 얼굴이 이나의 볼에 비치지 않을까 하는 생각이 들기도 했다. 그 하얀빛은 약간 푸른빛이 도는 듯 보이기도 하고, 은빛을 띠는 것 같기도 했다. 그 때문인지 말로 설명할 수 없는 묘한 분위기가 맴돌았다. 뱀파이어가 아닐까, 하는 생각이 문득 들었지만 이내 고개를 내저었다.

사촌이라는 은수의 생김새는 오히려 현실적이었는데 그 역시 예사롭진 않았다. 어두운 피부며 짙은 쌍꺼풀, 살짝 둥근 코 모두 은수라는 이름과는 어울리지 않았다. 좀 더 이국적인 이름과 잘 포개질 법한 외모였다. 두 사람에게서 은근한 바다 내음이 풍겨왔다. 시현은 왠지 정신이 아득해졌다. 그게 이나 때문인지, 은수 때문인지, 잠을 설친 자신 때문인지 헷갈렸다.

"근데 이삿짐은 저게 전부인가요?"

시현은 이나 발 옆에 놓인 작은 가방을 가리키며 물었다. 이나는 민망한 듯 고개를 끄덕였고, 은수는 변명하듯 매트릭스랑 이불은 오늘 오후에 도착할 것이고, 나머지는 차차 살 거라고 답했다. 시현은 오히려 단출한 게 마음에 들었다. 경험상 이런저런 살림살이가 많은 사람들은 대개 요구 사항도, 불만 거리도 많은 편이었으니까. 시현은 생각했다. 어쨌든 이번엔 느낌이 좋다고.

모두가 사라진 집 안은 고요했다. 그제야 이나

는 방 안에서 육지에서의 일들을 천천히 복기해 보았다. 이제 겨우 반나절이 지났을 뿐인데 지금까지 살아온 날보다 더 많은 시간을 보낸 것 같았다. 머릿속에 소용돌이치는 순간들을 천천히 헤집고 얽혀있는 정보를 가지런히 나열했다.

은수가 쏟아낸 말들은 정리해 놓고 보니 의외로 간단했다. 하지만 시현이 제시한 규칙은 꽤나 많았다. 주로 안 되는 것들이 많았는데, 집안에서 흡연과 반려동물이 금지되었고, 허락 없이 상대의 방에 들어가거나 타인 물건을 함부로 쓰는 것도 안 되었다. 유독 이나의 기억에 박힌 건 '내'라는 수식어였다. 내 방, 내 음식, 내 휴대폰, 내 옷, 내 비누와 같은 것들. 방, 음식, 휴대폰, 옷, 비누 모두 이나가 익한 단어들인데 소유를 나타내는 한 음절이 붙으니 제법 낯설게 느껴졌다.

"내 휴대폰, 내 옷, 내 방, 내 진주, 내 다리…"

이나는 제 주변에 있는 것들을 하나씩 가리키며 중얼거려 보았다. 전부 자신 것이 아닌 것만 같았다. 여태껏 이나가 누린 모든 것은 우리 것일 뿐, 이나의 것인 적은 없었다. 이나가 열심히 달려가서 동료들과 함께 힘을 합쳐 먹이를 잡아도 내 것이라 하기엔 조금 어색했다. 함께 얻은 식량의 일부만이 내 것인데, 그게 입 속으로 들어와 내장 기관을 지나 피와 살이 되어버리고 나면 내 것이라 부르기도 전에 내가 되어버리고 마니까. 몸뚱이에서 느껴지는 허기나 고통 정도나 내 것이라고 할 수 있으려나. 그런데 시현의 집엔 온통 '내' 것 투성이였다. 시현의 것 안에 이나가 끼어든 것만 같았다. 바다에서는 느껴보지 못한 서걱거림이었다.

시현의 집에도 '우리' 공간이 있긴 했다. 그곳에서는 금지 대신 의무 규칙들이 있었다. 공동으로 쓰는 주방, 거실, 세탁실은 돌아가면서 청소해야 했고, 함께 사용하는 싱크대에 설거지가 쌓이지 않도록 바로바로 치워야 했다. 쓰레기 분리수거도 돌아가면서 해야 했다. 별로 어려운 건 없었다. 오히려 이나에게 힘들게 느껴진 건 규칙이 아니라 공간이었다.

은수의 차보다는 컸지만, 어쨌든 사방이 막힌 공간에 머문다는 것 자체가 곤혹스러웠다. 분명 은수가 건넨 영수증에서 월세 옆에 가장 많은 '0'이

붙었는데 겨우 이런 좁은 곳에 가둬두고 그 돈을 가져간다니 이해할 수 없었다. 그러면 외워야 한다.

후아- 후-

이나는 깊게 호흡을 내뱉으면서 이곳이 자신에게 필요하다고 계속 중얼거렸다.

쿵쿵- 쿵쿵- 쿵쿵쿵쿵쿵-

하지만 이나가 애를 쓸수록 심장은 빠르게 뛰었다. 깊고 길게 내쉬던 숨도 점점 짧아졌다. 손바닥엔 땀이 배어났다. 가만있자… 저건 뭐지? 바로 누운 이나 시선에 걸리는 천장이 아무래도 울렁이는 것 같았다. 분명 건물은 출렁이는 바다와 다르다는 걸 이나도 알았다. 그런데 왜 움직이는 것 같지? 혹시나 하는 마음에 안경을 벗어 보았지만 소용없었다. 여전히 천장은 잔잔한 물결처럼 고요히 흐르다 벽을 타고 흘러내리기 시작했다. 주룩주룩. 흐느적흐느적. 너풀너풀. 벽, 천장, 바닥 모두 방향 없이 제멋대로 움직이면서 서로 부딪히고 부서지면서 마구 흘렀다. 오는 길에 먹은 해초가 속에서 마구 엉키다 위장을 타고 올라올 것만 같았다. 더 이상 견딜 수 없어 눈을 감았다. 하얀 점이 눈꺼풀 안

쪽에 맺힌 것만 같았다. 눈을 감아도 사라지지 않는 빛의 환영. 그걸 지우려 눈을 세차게 비볐지만 소용없었다.

후아– 후– 아– 후우––

온몸에 힘을 뺐다. 마치 물살에 몸을 맡기듯 그저 편안한 마음으로 가만히. 그러면 좀 나아질까 싶었지만, 평생 몸을 착 휘감던 일렁임이 없으니 헛헛했다. 주변을 둘러싼 벽들이 이나를 향해 돌진해 올 것만 같았다. 다시 조금씩 짧아지는 호흡이 점점 더 가빠왔다. 아니, 막혀왔다. 조여왔다. 방문을 열고 바깥으로 뛰쳐나갔다. 반듯하게 같은 모양으로 놓여있는 계단을 보니 또다시 현기증이 일었다. 이곳을 빠져나가야 했다. 집 밖으로 나온 이나는 어지러움을 바로 잡고 한 계단씩 천천히 발을 내디뎠다. 계단은 처음이라 그런지, 발끝에서 찌릿함이 느껴졌다. 종아리를 누군가가 꽉 쥐어짜는 것 같았다. 제법 큰 어류가 떼로 몰려와 공격하는 기분이었다. 간지러움과 묵직한 통증이 동시에 일었다. 재빨리 다시 집으로 방향을 틀었다.

모로 누운 이나는 몸을 계속 뒤척였다. 가시지

않는 현기증과 더부룩함 때문에 상체가 뻐근하고 묵직한데 이제는 하체까지 말썽이었다. 위쪽과는 다른 감각이었다. 이나는 가렵고 따끔거리는 두 다리를 비비다 급기야 손으로 다리를 벅벅 긁기 시작했다. 무릎을 접어 올려 허벅다리 바깥쪽을 긁는데 손끝에서 무언가 느껴졌다. 이게 뭐지? 마치 햇살이 부서진 것처럼 손톱 끝이 반짝거렸다. 비늘이었다. 방바닥에도 이나의 다리에서 떨어져 나온 비늘이 드문드문 흩어져 있었다. 당황한 이나는 급히 시간을 확인했다. 오전 11시를 향하고 있었다.

아차, 그제야 떠올랐다. 육지에 올라온 뒤 일정 시간이 지속되면 다리에 비늘이 돋기 시작하고, 결국 꼬리로 변하고 만다는 사실이. 인어마다 개인차가 있었지만, 평균적으로 12시간이 지나면 이런 신체적 변화가 나타난다고 들었다. 이나와 소렌을 비롯한 모든 파견 대원들은 자신만의 주기를 알아내기 위해 한 번씩 육지에 오랜 시간 머물렀던 적이 있었는데, 이나는 약 8시간 만에 비늘이 돋았다. 이중요한 사실을 놓치다니, 이나는 스스로가 한심했다. 제대로 하는 게 하나도 없는 기분이었다. 앞으론 은수가 알려주었던 기능 사용해서 휴대폰으로 8시간마다 알람을 맞춰놔야겠다고 생각했다. 아니, 그전에 일단 지금 닥친 상황을 해결해야 했다. 은수에게 구매한 필수 생존템 꾸러미를 찾았다.

"당장 바닷물에 뛰어들 수 없을 땐 이걸 다리에 뿌려요. 바닷물이에요."

세상에 지천인 바닷물을 돈을 주고 샀다는 사실에 기가 찼는데, 이렇게 유용하게 쓰일 줄이야. 이나는 가방에서 바닷물 키트를 꺼내 뚜껑을 열었다. 고향의 냄새가 훅 밀려오면서 푸른 풍경과 아늑한 감촉이 아른거렸다. 코끝을 적시던 내음은 이내 폐를 가득히 채우고 늑골과 갈비뼈 사이사이로 녹아들었고, 그리움이 되어 혈관을 타고 온몸으로 퍼져 나갔다. 어질하던 현기증과 울렁거리던 속이 조금은 잠잠해지는 기분이 들었다. 바닷물을 쏟아 비늘이 돋기 시작한 다리에 꼼꼼히 발랐다. 점차 비늘이 녹아내리듯 사라졌다. 그 순간, 이나는 손을 멈췄다. 이대로 영원히 비늘이 사라지는 건 아닐까, 조금은 두려워졌다.

시현이 현관문을 열었을 때 뭔가 서늘한 느낌이 들었다. 비릿한 냄새가 나는 것 같기도 했다. 집 안에 들어왔을 땐 소리를 지를 뻔했다. 거칠게 벗어 던진 신발부터 심상치 않더니 거실까지 온통 지저분했다. 매트릭스 옮길 때 설마 신발을 신고 들어온 건가 싶어 기가 찼다. 그 사람들은 그렇다 쳐. 그걸 그대로 두고 보고 있어? 아니, 상황이 이미 벌어졌다고 치자. 근데 그걸 안 치우고 그냥 나뒀다 이거야? 제정신인가? 하아- 첫날부터 해보자는 거야 뭐야? 시현은 거칠게 이나의 방문을 두드렸다.

똑똑똑똑똑똑!!!

기척이 없었다.

똑똑똑똑똑똑똑똑!!!

아무런 반응이 없다. 현관에 신발이 놓인 걸 보면 분명 방 안에 있는 건데. 그새 새 신발을 하나 사 신고 나간 건가. 방문에 귀를 대보았다. 아무런 소리가 들리지 않았다. 자는 건가. 다시 한번 방문을 두드렸다. 손에 더 힘을 주고 더 빠르게. 이름도 불렀다.

"이나 씨, 안에 있어요? 이나 씨!"

조금 더 기다린 뒤에야 이나가 얼굴을 빼꼼 내밀었다. 아침보다 눈이 조금 뾰족해져 있는 시현에 비해 이나는 게슴츠레한 얼굴이었다. 반쯤 감긴 눈꺼풀 아래 드러난 눈동자를 보며 시현은 문득 이런 색을 본 적이 있던가, 하는 생각이 들었다. 아침엔 그저 조금 푸른 기가 돈다고 생각했는데, 다시 보니 훨씬 더 묘했다. 짙은 바다색이라고 해야 하나. 바다라고 하기엔 너무 검고, 검다고 하기엔 너무 파랬다. 아니지, 내가 왜 이래. 시현은 정신을 차리고 문을 열어 거실 꼴을 보여줬다. 그제야 상황 파악이 된 듯 이나는 다급하게 밖으로 나왔다. 청소기라도 돌릴 줄 알았는데 그저 바닥을 빠르게 훑었다. 혹시 비늘이 떨어진 건 아닌지 초조하게 확인하는 이나의 심정을 알 턱이 없는 시현은 다시 한번 기가 찼다. 첫날부터 집을 엉망으로 해놓질 않나, 그래놓고 태평하게 잠이나 처자고 있질 않나, 청소할 생각은 안 하고 바닥을 유심히 들여다보는 꼴이라니. 속이 부글부글 끓었다. 그걸 들여다볼 때가 아니라 당장 바닥을 닦아야 하는 거 아닌가. 시현은 어쩌면 이나야말로 순진한 얼굴을 하고 있는 진짜 빌런일지도 모른다는 불안감이 들었다.

"청소기는 저쪽에 있고, 걸레는 베란다에 말려 뒀으니까 쓰세요."

"죄송해요. 몸이 좀 안 좋아서 급히 들어오느라고요. 제가 치울게요."

시현은 고개를 까딱하며 제 방으로 들어가자마자 침대로 쓰러졌다. 피로가 몰려왔다. 황금 같은 주말에 새벽같이 일어나 월세 세입자를 받고 오프라인 유튜브 강의도 들었다. 월세 석 달 치는 입금이 되었고, 오프라인 강의를 듣느라 지불한 시간과 강의료는 빠른 시일 내에 유튜브 수익으로 돌아오리라 위로했다. 바깥에서는 달그락대는 소리가 들려왔다. 제대로 청소하고 있긴 한 걸까. 좀 불안했지만, 모르는 척하기로 했다. 일일이 신경 쓰기엔 너무도 피곤했다. 이번에는 매뉴얼을 잘 전달했으니 최대한 신경을 끄기로 마음먹었다.

"네가 너무 예민한 거 아니야?"

시현이 처음으로 하우스 메이트에 대해 이야기를 꺼냈을 때, 수영은 그렇게 말했다. 수영은 시현과 같은 회사 다른 부서에서 근무하는 도시락 메이트였다. 업무 협조를 요청하면서 왜 이렇게 늦었느니, 이건 너희 담당이니, 하며 얼굴 붉힐 일은 없으면서도 사내에 돌아다니는 뜬소문과 불만을 공유할 수 있어서 좋았다. 그게 오히려 둘 사이를 산뜻하게 만들었다.

기획팀 이 대리, 같은 팀 인턴이랑 눈이 맞았다더라. 일방적인 거라던데, 근데 이 대리 원래 만나는 사람이 있다고 하지 않았나? 그랬던가, 글쎄. 재무팀 김 주임 축의금은 얼마나 낼 거야? 꼭 가야 하나, 안 가고 덜 내고 싶은데, 친했어? 글쎄, 참, 복지 포인트 다 썼어? 별로 살 게 없던데. 난 진작 다 썼지. 부지런하다, 그런 거라도 잘 챙겨야지. 나는 그런 거 필요 없으니까, 월급이나 올려주면 좋겠어. 그건 그래. 내일은 도시락으로 뭘 싸나. 글쎄, 마트에서 할인하는 거 사야지. 난 편의점이나 갈까 봐, 귀찮다. 나도.

시현은 점심시간마다 사소하고 의미 없는, 어차피 잊어버릴 테지만 또 하고 마는 말들을 주고받았다. 그 말도 그런 무수한 말 중 하나였다. 하우스메이트가 청소를 잘 안 한다거나 코를 곤다거나 샤

워하고 나면 화장실에 머리카락이 그대로 쌓여 있다거나 하는 말들. 그럴 때마다 수영은 그래도 너는 집주인 아니냐며, '집주인이니 세입자한테 할 말을 바로 하면 되지'라고 말했다. 그러고는 월세 세입자의 설움에 관한 이야기로 넘어가 버렸다. 전세 세입자라고 크게 다르지 않은 이야기들을 흘려들었지만, 이상하게 두 개의 단어가 귀에 들러붙었다. '예민하다'와 '부럽다'. 둘 다 자주 듣던 말은 아니라서 그런지 기분이 좀 묘했다. 그 낯선 감각은 꽤 오랫동안 시현을 맴돌았는데, 어쩌면 아예 몸 한구석에 완전히 뿌리를 내려버렸는지도 몰랐다. 잠시 고개를 숙이고 있다가 절묘한 타이밍에 적절한 온도와 바람을 만나면 잎과 줄기를 마구 흔들어 댔다. 그런 순간이면 시현은 생각했다. 나, 너무 예민한가?

시현은 유독 집에 관련된 문제 앞에서 신경이 곤두섰다. 대출 이자가 점점 올라가면서부터 더 심해졌다. 친구를 만나는 횟수를 더 줄이고, 커피는 인스턴트로 대신했으며, 다니던 필라테스 대신 홈 트레이닝을 시작했다. 집에 새 사람을 들이면서 조금 줄였던 집콕 시간을 다시 예전만큼 늘렸다. 그럴

수록 하우스 메이트와 부딪히는 날이 많아졌고, 뒤이어 왜 하필 이 집을 구해서, 라는 생각이 불쑥 튀어나와 짜증이 치밀기도 했다. 그럴 때면 수영의 말이 떠올랐다. 너, 너무 예민한 거 아냐? 이나를 처음 만난 날도 그랬다. 콕 집어 설명할 수 없었지만, 뭔가 묘하고 알쏭달쏭했다. 습하고 짠 냄새나 지나치게 단출한 짐, 이국적인 사촌오빠의 대동과 발자국까지. 이상했다. 하지만 수영의 말을 떠올렸다.

  '그래, 내가 너무 예민한 거야. 예민하게 굴지 말자.'

3

현관 앞에 아이스박스가 있었다. 시현은 내가 뭘 주문했던가, 기억을 떠올려 보았다. 어젯밤 침대에서 휴대폰을 들고 가득 채운 장바구니를 보며 오래 고민하긴 했지만, 분명 주문 버튼을 누르지는 않았다. 혹시 옆집 물건이 잘못 놓인 건가 싶어서 주소를 확인해 보았다. 분명 701호가 맞았는데, 자세히 보니 수령인이 하이나였다.

냉장고 안은 썰렁했다. 집에서 보내준 김치와 밑반찬 몇 개가 전부였다. 냉동실도 사정은 크게 다르지 않았다. 소분해서 얼려둔 밥과 빵, 떡이 보였다. 밥을 먹자니 반찬이 여의치 않고, 라면은 끓이자니 설거지가 귀찮았다. 결국 소포장 된 가래떡을 하나 꺼내 전자레인지에 돌렸다. 빙글빙글 돌아가는 떡을 뒤로 하고 시현은 테이블 위에 올려둔 아이스박스를 바라봤다. '신선식품, 당일배송'이라고 적힌 테이프를 보며 뜯어서 냉장고에 넣어둘까 싶었지만, 그대로 두기로 했다. 남의 물건에 함부로 손대지 않기, 라는 매뉴얼을 제시한 게 바로 시현 자신 아니던가. 전자레인지에서 타이머 소리가 났다. 왠지 모를 아쉬움에 꽉 다문 아이스박스를 바라보며 김이 올라오는 가래떡을 집어 들었다. 냉동실 냄새가 배어났다.

방에서 어슬렁거리며 나오는 이나는 피곤한 표정이었다. 집에 있었는데도 기척 하나 없었던 거야, 일은 안 하나. 이런저런 생각이 스쳤지만, 시현이 가장 궁금한 건 택배 상자였다.

"신선식품인 거 같은데 뜯어서 냉장고에 넣어야 하지 않아요?"

아, 이나가 짧게 알았다는 표현을 했지만, 상자를 그저 이리저리 살피고 찔러볼 뿐이었다. 답답한 마음에 시현이 커터칼을 내밀었다. 이나는 여전히 잘 모르겠다는 표정이었다.

"나보고 뜯으라는 소리예요?"

"그러면 감사해요."

"네?"

"네."

악의 없는 이나의 표정에 시현은 할 말을 잃었다. 차라리 대놓고 예의 없이 굴면 분노가 치솟을 텐데, 이나 앞에서는 김이 샜다. 화가 폭발하지 못하고 픽 바람이 빠져버리고 말았다. 시현은 짧은 한숨을 내쉬고 시큰둥하게 박스로 다가가 능숙하게 안에 들어 있는 걸 건져냈다.

"회 시켰나 봐요."

이나는 이번에도 멍한 표정을 지었다. 시현은 포장된 회와 야채, 소스 따위를 테이블에 올리고 스티로폼 박스를 주방 구석에 두었다.

"이건 분리수거 가능하니까 여기다 놓는 거예요. 알죠?"

이나는 고개를 끄덕였다.

"분리수거 헷갈리면 저기 냉장고에 붙여 놓은 거 참고해요."

이제 시현의 역할은 다 끝났지만, 왠지 방으로 들어가기 아쉬웠다. 김이 사라진 떡을 질겅질겅 씹으며 이나를 살폈다.

"육지, 아니 새집 이사 온 기념 파티할래요?"

입으로 내뱉은 말과 전혀 어울리지 않는 얼굴로 멀뚱히 서 있는 이나를, 시현이 바라봤다. 진심인 건가, 알게 뭐야. 오랜만에 회를 먹을 수 있겠네,

생각보다 아주 경우가 없지는 않구나, 따위의 생각을 하며.

"그럴까요? 마침 세일 할 때 사둔 와인도 있거든요!"

시현은 갑자기 분주하게 움직였다. 수저와 접시, 와인잔을 꺼내 테이블 세팅을 했다. 물건을 하나씩 꺼낼 때마다 그게 어디에 있는지 설명하는 것도 잊지 않았다. 앞으로는 함께 움직여야 한다는 의미였다. 물론 이나가 그걸 알아차린 것 같진 않았다. 그렇다고 어영부영 넘어갈 시현이 아니었다. 내친김에 아예 냉장고 문도 열었다.

"저는 이 칸을 쓰고, 이나 씨는 여길 쓰면 돼요. 여기 있는 건 같이 쓰는 거고요. 아, 조미료나 기름, 양념 같은 건 저기 있어요. 그건 새로 다 사면 좀 그러니까 같이 써도 돼요. 따로 사고 싶으면 그래도 되고."

"네, 감사해요."

"음… 이나 씨."

"네?"

"원하는 거 편하게 말해주면 좋겠어요, 나는.

나도 그럴 거고요. 그게 서로 더 편하더라고요."

"아, 네."

"조미료랑 양념 같이 쓰실 거예요? 아니면 따로 사실 거예요?"

"아… 같이 쓸게요."

이나는 그제야 시현의 의도를 파악했다는 듯 고개를 끄덕이며 대답했지만, 시현은 이나가 영 못 미더웠다.

"다 쓰면 이나 씨가 작은 걸로 사다 놓든가 아니면 그때 같이 사서 n분의 1로 나누든가 해요. 괜찮죠?"

주방 상부장 중 '접시'라는 스티커가 붙은 문을 열며 시현이 말했다. 이나는 고개를 끄덕이며 시현이 꺼낸 세 개의 접시를 바라보았다. 이나 눈엔 다 비슷비슷해 보였는데, 시현은 잠시 고민하더니 그중에 하나를 골라 포장된 생선회를 뜯어서 옮겨 담았다.

"일단 먹어보고 다른 걸 더 먹을까요?"

이나는 고개를 끄덕이며 테이블 의자에 앉았다. 회를 한 점 입에 넣고 우물우물 씹는 시현의 얼굴이 환해졌다. 탱글탱글한 식감을 보니 분명 신선도가 높은 것 같다는 둥, 적당한 기름기가 배어 나오는 게 술을 부른다는 둥 수없이 많은 이야기를 쏟아냈다. 이나는 그런 시현을 신기한 듯 바라봤다. 이렇게 말이 많은 인간이었나 싶기도 했고, 무엇보다 죽은 생선을 씹으면서, 그것도 뼈와 내장이 다 분리된 흐물거리는 살덩이만 우물거리면서 싱싱하다는 말을 하는 게 참으로 놀라웠다. 허기에 못 이긴 이나도 어쩔 수 없이 회를 한 점 집어 들었다. 당장 손으로 한 움큼 집어 맛을 보고 싶었지만, 인간답게 젓가락으로. 분명 시현과 비슷하게 잡았다고 생각했는데 X자로 꼬인 젓가락 끝에 대롱대롱 매달린 회가 위태로워 보였다. 겨우 회를 입에 넣었을 때 이나는 아주 오랫동안 그 맛을 음미했다. 아니, 골몰하는 표정이었다. 눈동자를 굴리면서 맛을 탐구하는 듯했다. 살 한 점에 배인 생명의 역사를 전부 알아내려는 것처럼.

"죽은 생선은 이런 맛이 나는군요."

"네?"

시현은 젓가락을 내려놓았다. 왠지 입맛이 사

라졌다. 한 번도 회 앞에 죽음이란 수식어를 나란히 놓아본 적이 없었다. 날것일 뿐 죽은 것과 거리가 멀다고 생각했다. 따지고 보면 이나의 말이 틀린 게 아니었다. 틀린 건 시현의 기분일 뿐. 아직 열지 않은 와인병을 쥐었다. 와인 오프너가 펑- 하는 소리를 내며 코르크 마개를 들어 올렸다.

"맞네요, 죽은 생선."

이나의 빈 와인잔을 채우며 시현이 말했다.

"레드 괜찮아요? 회를 먹게 될 줄 알았으면 화이트로 살 걸. 아쉽네."

이나는 시현을 따라 제 앞에 놓인 잔을 들었다. 짠- 소리를 내며 부딪힌 시현의 잔이 천천히 돌아가는 걸 바라봤다. 이나도 따라 휘휘 잔을 돌렸다. 구심력을 잃은 붉은 방울이 잔 밖으로 튀어나와 이나의 손등으로 흘렀다. 얼룩을 훔치며 시현 쪽을 힐끔 쳐다봤다. 말끔한 시현의 손등과 유리잔, 깔끔하게 넘어가는 와인을. 이나도 와인잔에 입을 댔다.

"윽!"

이나의 표정이 일그러졌다.

"설마… 술 처음이에요?"

아, 이게 술이라는 거구나. 이나는 그제야 기억이 났다. 인간이 먹는 것만큼이나 즐긴다는 것. '인간사' 수업을 배울 때 돈만큼이나 자주 등장했던 단어였다. 인간사를 흥미진진하게 만드는 것 중 하나가 바로 술이었다. 술을 마시면 인간들의 마음에 파도가 일어나니까. 마구 요동치는 감정의 물결을 주체하지 못하는 인간은 사랑을 나누거나 폭력을 던지거나 눈물을 뿜어냈다. 마음의 주인조차 감당하지 못할 만큼 넘실대는 해일은 진짜일까, 가짜일까. 이나는 늘 그게 궁금하고도 두려웠다. 이 술도 이나의 마음에 파장을 불러일으킬까? 만약 그렇다면 어떤 감정일까? 두려움? 설렘? 호기심? 답답함? 원래의 이나라면 와인잔을 비워내며 알 수 없는 세계에 풍덩 빠졌겠지만, 이곳에서는 조심 또 조심해야 했다.

시현의 잔은 네 번째 비워지고 있었다. 어느새 꺼내 온 과자 두어 봉지도 뜯어 펼쳤다. 냉장고에서 각종 견과류, 건과일이 들어간 멸치조림과 소주 한 병도 꺼내 왔다. 얼굴이 발갛게 달아오른 시현이 빈 와인잔에 소주를 따르며 이나의 얼굴을 빤히 바라봤다.

"술 처음이라더니… 체질인가 봐요."

"네?"

"얼굴이 멀쩡하잖아요. 하나도 안 빨개. 되게
되게 하얘. 쿨톤."

"네?"

"쿨톤 몰라요? 퍼스널 컬러. 여쿨? 겨쿨? 뭐예
요? 난 봄윔."

이나는 도무지 무슨 말인지 알아들을 수 없었
다. 머릿속에 저장해 둔 육지 말들을 아무리 뒤져봐
도 저런 단어는 없었다. 시현의 마음속엔 어떤 파장
이 일고 있는 게 분명하다고, 그래서 이상한 말을
하는 거라고, 이나는 생각했다. 시현이 젓가락으로
멸치볶음을 집어 들었다.

"이거 좋아해요?"

"이게 뭔데요?"

"멸치. 이것도 몰라요?"

"아, 멸치. 내가 아는 멸치랑 너무 다르게 생겼
어요."

"뭐야, 진짜. 어디서 왔어요?"

이나는 그저 웃었다. 할 말이 생각나지 않으면 입꼬리를 올리고 치아가 살짝 보이게 웃으라고 했던 '인간관계론' 수업이 떠올랐다. 효과는 제법 좋았다. 시현은 몇 마디 더 얹었지만 다른 말로 건너갔다.

"이거 이나 씨 다 먹어요. 부담 갖지 말고. 나이거 안 먹거든요."

"근데 왜 있어요?"

"엄마가 해줬어요. 몸에 좋다고. 멸치 싫다고 그렇게 말해도 나 좋아하는 크랜베리 넣었으니까 같이 먹으래요. 싫은 거 말고 좋은 것만 하고 싶은데."

"뭘 좋아해요?"

"음…"

좋아하는 거라. 시현은 잠시 멈칫했다. 싫어하는 걸 말하라고 하면 수십 가지를 댈 수 있었다. 아침 출근, 야근, 월요일, 엄마의 잔소리, 대출금, 이자, 옆집 소음, 카드 출금일… 하지만 좋아하는 건 딱히 생각해 본 적이 없었다.

"나는… 바다, 좋아해요."

이나는 어항 앞에 가 있었다. 사주에 물이 없는 시현을 위해 친구가 사준 이사 기념 선물이었다. 팔 하나 길이 좀 모자라는 너비의 투명한 바닥엔 만질만질한 자갈이 깔려 있고, 나름 성처럼 보이는 현무암 장식이 공간을 심심하지 않게 채웠다. 여과기에서 보글보글 뿜어나오는 공기 방울 사이를 열대어 대여섯 마리가 한가롭게 오갔다. 이나는 꼬리가 살랑일 때마다 다르게 반사되는 빛이나 비늘에 살짝 퍼진 오렌지빛을 넋 놓고 바라보았다.

"그건 담수예요. 해수 어항은 관리도 힘들고 돈도 많이 들거든요."

"난 해수가 좋은데. 알록달록한 산호초랑 어류들도! 진짜 예쁘거든요."

이나는 신비 광장의 눈부신 아름다움을 떠올렸다. 눈앞에 어항이 좀 시시해졌다. 옆으로 시선을 돌렸다. 크지 않은 책장에 많지 않은 책이 보였다. 유튜브와 인스타그램 활용법, 주식과 부동산으로 돈 버는 방법, 시간을 알차게 쓰는 법, 나를 사랑하는 법, 뱀파이어 다이어리, 외계생명체에 관해 과학이 알아낸 것들… 이나는 작게 소리 내어 책 제목

들을 읽더니 몇 권 뽑아서 주르르 훑고 금세 집어넣었다. 유일하게 시선이 오래 머문 건 팝업 그림책이었다. 시현이 자주 들춰보는 책은 아니었지만, 알록달록한 색감을 가만히 들여다보고 있으면 왠지 모르게 마음이 몽글몽글해지는 책이었다. 이나도 비슷한 마음인지 책을 보며 배시시 웃고 있었다. 처음 보는 표정이었다. 대체 무얼 보는지 궁금해 시현은 이나 가까이 다가갔다. 양면을 가득 채운 바다 그림을 배경으로 인어의 집으로 보이는 건물 모형이 우뚝 솟아났는데, 그 사이사이로 인어들이 여기저기 삐져나왔다.

"바다 진짜 좋아하네."

"인어, 좋아해요?"

"인어공주요? 좋아하죠. 내 디즈니 최애 캐릭터가 에리얼이잖아요. 이나 씨는요?"

"저요? 음, 저도요."

이나는 적당히 얼버무리고 괜스레 시현의 눈치를 봤다. 그런 이나가 눈에 들어오지 않는지 시현은 그저 방실거렸다.

"아, 나 좋아하는 거 생각났어요!"

돌고래 소리를 내며 시현이 꺼내든 건 다름 아
닌 휴대폰이었다. 그걸로 아주 많은 걸 할 수 있다
는 건 이미 은수에게 익히 들었지만, 시현이 보여준
건 새로운 세상이었다. 유튜브. 작은 화면에서 익숙
한 얼굴이 나왔다. 이나는 눈이 커지면서 화면과 시
현을 번갈아 가면서 바라봤다.

"이거…"

"맞아요. 나예요. 이나 씨 휴대폰 줘봐요."

어리둥절한 이나의 손에서 능숙하게 휴대폰을
가져간 시현은 휴대폰 화면을 뒤지더니 이상하다
는 듯 이나에게 말했다.

"유튜브 안 봐요? 어플이 없네."

"아, 네."

"대박. 어떻게 유튜브를 안 보지? 일부러 지운
거예요? 디지털 디톡스?"

"네? 그게 뭐예요?"

유튜브며, 디지털 디톡스며 이게 다 무슨 말인
지 이나는 알아들을 수 없었다. 어항과 인어공주로
잠시 달랜 속이 다시 뒤죽박죽 엉켰다. 오히려 태연
한 쪽은 시현이었다. 이제 이나의 그런 반응쯤이야

아무렇지 않다는 듯 유튜브 어플을 깔고 있었다. 물론 새로 아이디를 만들고 비밀번호를 설정하는데 한참을 씨름해야 했다. 겨우 시현의 채널에 들어가 구독과 좋아요 버튼을 누른 뒤에 이나에게 휴대폰을 건네주었다.

"진짜 우리 부모님보다 더 청정구역이네."

"네?"

"디지털 때가 덜 묻었다고요. 아날로그의 순수함이 철철 넘쳐요, 진짜."

넘친다는 건 좋은 말이었던가, 이나는 헷갈리는 시현의 말에 그저 고개를 끄덕이고 휴대폰을 들여다봤다. 스크롤을 올려도 끝없이 만들어지는 수많은 사각형도, 그 안을 채운 각기 다른 글자와 사람들도 신기할 따름이었다. 방금 전에 시현이 했던 것처럼 그중 하나를 손가락으로 눌러봤다. 모르는 사람이 말하기 시작했다.

"이건 누구예요?"

"네?"

"시현이 아는 사람이에요?"

술에 취했다기엔 너무 멀쩡해 보였고, 유머라

기엔 매우 진지해 보였기에 잠시 멈칫했다.

"진짜 우주에서 왔어요?"

"바다에서 왔는데요."

"네?"

대화할수록 의문이 풀리는 게 아니라 가슴이 답답해졌다. 도대체 너는 어떤 인간이니, 묻고 싶었지만, 시현은 이나의 궁금증을 먼저 해결해 주기로 했다. 휴대폰을 다시 들었다.

"얘는 저도 모르는 사람이고요, 여기 나오는 사람 거의 다 몰라요. 아는 사람도 있는데 걔네는 연예인처럼 유명한 사람. 나는 아는데 걔는 날 모르는 거죠. 인기 유튜버나 연반인 같은 사람들이요. 설마… 이것도 처음 들어요?"

이나는 고개를 끄덕였다. 어떻게 그럴 수 있지? 시현은 도무지 이해할 수 없었다. 인터넷이 안 터지는 무인도에서 살다 왔나? 그건 드라마나 영화 속에서만 나오는 이야기 아닌가.

"아무튼 모르는 거, 궁금한 거 있으면 여기에 검색하면 돼요. 여기 모든 게 다 있어요. 아까 이나 씨가 본 저 책 있잖아요. 인어공주. 그것도 치면 막

이것저것 다 나와요."

이나는 고개를 끄덕이며 휴대폰을 다시 들여다보더니 여기저기 화면을 터치했다. 영상 소리가 나오다 끊겼다 반복했다. 아무래도 검색창을 찾는 눈치였지만, 영상의 화면이 커졌다 작아졌다, 멈췄다 움직이기를 반복할 뿐이었다. 보다 못한 시현이 또 나섰다. 휴대폰을 뺏어 드는 손끝이 스치면서 이나의 미간이 찡그려졌지만, 시현이 알아차릴 정도는 아니었다. 시현은 설명을 끝낸 뒤, 휴대폰 화면을 터치할 때야 도톰하고 붉어진 손의 상처가 눈에 들어왔다.

"손이 왜 이래요?"

시현이 이나의 손을 잡아 쥐는 순간, 이나는 괴로운 듯 또다시 살짝 얼굴이 구겨졌다. 손을 빼내진 않았다. 오히려 놀란 쪽은 시현이었다. 이나의 손에서 느껴지는 서늘한 기운에 한 번, 뭔가 타는 듯한 냄새에 두 번. 벌겋게 부풀어 오른 이나의 손등과 손바닥을 보고 세 번. 시현은 당황하는 눈빛으로 이나를 바라보았다.

"피…피부가 좀 약해서…"

이나는 후끈거리는 손을 뒤로 하며 어색하게 웃어 보였다. 아무리 피부가 약하더라도 그럴 일인가. 시현은 이해할 수 없었다. 이나는 시현의 눈빛을 피해 방으로 도망쳤다.

방으로 숨어든 이나는 한숨을 내쉬었다. 지금까지 겪은 모든 일들이 엉망진창이었다. 소렌은 잘하고 있겠지? 로빈이라면 잘 대처했겠지? 다른 인어들이라면 어떻게 했을까? 누구라도 잡고 묻고 싶었다. 문 너머로 시현이 움직이는 소리와 방문 닫는 소리가 들렸다. 은수에게 받은 가방에서 휴대용 얼음팩을 꺼냈지만, 이미 액체로 변해버렸다. 물렁물렁해진 물주머니를 주물럭거리며 이나는 시현이 알려준 인어공주 이야기를 떠올렸다. 다른 인어들이라면 어떻게 했을까? 유튜브 검색창에 인어를 써넣었다. 수많은 영상이 쏟아졌다.

이게 다 인어 얘기라고?

이나는 자기도 모르게 중얼거렸다. 인어에 대

한 인간의 높은 관심에 왠지 기분이 좋아졌다. 인어에 대해 떠들고 지어낸 이야기는 많았다. 이나는 영상 하나를 클릭했다. 배 위의 인간을 보고 반한 인어가 물에 빠진 왕자를 구한다. 그 왕자를 만나기 위해 인간이 되어 육지로 올라온 인어에게는 수많은 우여곡절이 있었지만 결국 왕자와 결혼해서 행복하게 산다. 이나는 궁금했다. 과연 그 인어는 아직도 행복하게 살고 있을까? 인간들에게 인어라는 사실을 들키지 않았을까? 정말 완전한 인간이 되었을까? 나도 그렇게 행복한 결말을 맞이할 수 있을까?

또 다른 영상을 클릭했다. 이번엔 조금 멍청한 인어가 나왔다. 말도 잘 못하고 인간 세계에 대한 아무런 정보도 없는 인어였다. 그렇게 준비 없이 먼 곳에 오다니 바보 같다고 생각했다. 그 인어도 육지에 온 이유는 사랑이었다. 반한 인간 남자를 찾아 생판 모르는 곳까지 온 것이다. 대신 그 인어에겐 신기한 능력이 있었다. 인간의 기억을 지우고, 진주 눈물을 흘렸다. 조금 부러웠다. 인어라는 사실을 들켜도 되고, 돈도 마음껏 만들어 낼 수 있으니, 육지에서 적응하는 게 훨씬 편할 것만 같았다. 영상을 두어 개 보고 나니 정말 인간 사이 어디선가 인어가 살고 있는 게 아닐까, 하는 생각이 들었다.

두 편의 영상을 봤는데 또 인어에 관한 이야기가 나왔다. 인간을 유혹하는 인어, 물거품이 되는 인어, 인간의 피를 빨아먹는 흡혈 인어… 휴대폰에게 정체를 들킨 게 아닌가 생각할 정도로 인어 이야기만 끊임없이 추천 영상으로 올라왔고, 이나는 밤이 새도록 수많은 영상을 돌려봤다. 딱히 마음에 드는 이야기는 없었다. 인간의 상상력은 대부분 틀렸다. 정확한 진실은 단 하나, 인어가 있다는 사실이었다.

커튼 사이로 스미는 빛이 점점 더 굵어졌다. 견딜 수 없는 갈증이 이나를 덮쳐왔다. 머리부터 발끝까지 온몸을 물에 오랫동안 담그고 싶었다. 거실의 어항이 떠올랐다. 화장실에서 쏟아지던 물줄기도 생각났다. 그런데 한 발짝도 움직일 수가 없었다. 잠들어 있는 동안 또다시 변해버린 꼬리 때문이었다. 은수에게 구매한 바닷물 키트를 꺼내야 했다. 하지만 이나의 몸은 침대에, 가방은 방구석 바닥에 있었다. 이나는 몸을 뒤집어 엎드린 채로 한쪽 손바닥을 바닥으로 뻗었다. 상체 근력이라면 자신 있었기에, 지면에 닿은 손과 팔, 등과 허리에 잔뜩 힘을 주었다. 상체에 힘을 집중하고 꼬리 끝을 슬쩍 들어 올렸다. 문제는 아직 손에 여전히 남은 붉은 자국이었다. 손에 실린 몸무게가 인지 하지 못했던 상처의 고통을 일깨웠고, 순간 중심이 흐트러지면서 이나의 꼬리가 쿵, 소리를 내며 묵직하게 바닥으로 떨어졌다.

으아아아아아악!

이나는 저도 모르게 비명을 질러댔다. 물론 인간의 귀에 들리는 소리는 아니었다. 다만, 이나가 쏟아내는 비명과 구시렁 때문에 와이파이가 불안정해졌다. 그 불안은 시현에게도 닿았다. 쿵, 하는 소리와 함께 스피커에서 흘러나오던 음악 소리가 갈 길을 잃은 것처럼 흔들렸다. 전날의 숙취와 함께 머리까지 소리가 윙윙 울려댔다. 시현의 감각이 불길한 예감을 흩뿌리기 시작했다. 아, 또 너무 예민한 건가. 하지만 모든 게 조금씩 이상했다. 정확히 말로 설명할 수 없지만, 미묘하고 기괴한 파장이 분명 흐르고 있었다. 시현은 동요하는 소리를 헤치고 이나의 방문을 두드렸다.

"이나 씨, 괜찮아요?"

괜찮다는 이나의 목소리가 문밖으로 넘어왔지만, 시현은 괜찮지 않았다. 이나가 이상했다. 묘하게 자꾸 시선이 가는 분위기와 첫인상, 유난히 조용하고 굼뜬 말과 행동, 너무도 차가웠던 이나의 손. 그 축축하고 미끄덩한 느낌까지. 단순히 예민한 것인지, 진짜 조금 다른 무언가가 있는 건지 확인하고 싶었다.

"이나 씨, 저 들어가요."

처음 보는 반짝임이었다. 배를 바닥에 대고 엎드린 이나의 원피스 아랫부분에서 흘러나오는 빛이었다. 그건 분명 꼬리였다. 어쩔 줄 몰라 하며 흔들고 있었다.

"이게… 대체… 무슨… 아니, 이게…"

말을 잇지 못하는 시현은 눈을 끔벅였다. 손으로 눈을 비비고 머리를 세차게 흔들어도 보았다. 하지만 눈앞에 펼쳐진 광경은 변하지 않았다. 결국 자신도 모르게 뒷걸음질 치던 발걸음을 앞으로 옮겨 이나에게 손을 뻗었다. 손바닥에 닿는 차가운 감촉이 선명했다. 이어지는 미끄덩하고 끈적한 감각, 비릿한 내음까지. 모든 감각이 선명했다. 꿈이, 아니었다.

"당, 당신은…"

"… 인어예요."

"네?"

시현은 믿을 수 없었다. 그렇다고 믿지 않을 수도 없었다. 이나의 꼬리 옆 바닥에 엉덩이를 대고 앉았다.

"혹시… 좀 봐도 돼요?"

이나가 고개를 끄덕이며 치맛단을 살짝 올렸다. 단단하면서도 매끄러운 표면이 할머니네 집 안방에 놓여 있던 자개장 장식 같아 보였다. 검은 바탕에 속절없이 빛나던, 한없이 촌스러워 보이던 그것. 이건 너무도 눈이 부셨다. 죽어 있는 것과 살아 있는 것의 차이인가, 시현은 바닥에 떨어진 비늘을 하나 집어 들었다. 여전히 영롱했다. 손에 힘을 주니 유연하게 구부러졌다. 아치 모양의 커브를 만든 형상은 각도에 따라 다르게 반짝거렸다. 넋이 나간 표정으로 이나를 바라봤다.

"내가 인간이 아니라는 게 문제가 되나요?"

짧은 침묵을 긋고 난 뒤 시현이 입을 열었다.

"…조금요."

"아….."

"난 인어에 대해서 아는 게 없거든요."

"나도 인간에 대해서 잘 몰라요."

"잘됐네요. 일단 이것부터 알려줄게요."

시현이 들고 온 작은 상자를 열었다. 그 안엔 여러 가지 연고와 반창고, 밴드, 집게 따위가 들어 있었다. 시현이 연고를 살피더니 붉게 부풀어 오른 이나의 손을 향해 하나를 내밀었다.

"내 손이 닿으면 안 된다는 건 이제 알았으니까. 직접 해요. 아, 이것도 처음인가?"

이나가 고개를 끄덕이자, 시현이 뚜껑을 열고 면봉에 조금 연고를 묻혀 상처에 발라주었다. 따끔거릴 때마다 이나의 미간이 구겨졌지만, 올라간 입꼬리는 내려올 줄 몰랐다. 몽글거리는 연고와 부드러운 면봉 끝이 이나의 마음을 간질였다.

4

산다는 건 생각을 지우는 일이었다. 날마다 눈 앞에 떨어진 과제를 빠르게 해치우기 바빴다. 매일 아침 눈을 뜨고, 씻고, 출근하고, 매달 공과금을 내고, 비어가는 음식을 채워 넣고, 수명을 다한 전등을 갈고, 고장 난 휴대폰을 수리하고, 다 떨어진 운동화를 사고… 말만 하면 이 모든 것들이 척척 이루어지는 마법을 꿈꿨지만, 하나하나 섬세한 수고를 거쳐야 겨우 마무리되었다. 그래서 시현의 머릿속은 생존 말고 다른 것에 내어줄 자리가 없었다. 중고등학교 때 공부했던 것도, 대학 내내 아르바이트와 대외활동, 인턴 생활을 바삐 오갔던 것도 결국 살아내기 위함이었다. 그 종착지가 취업이라고 생각했는데, 시현이 서 있는 곳은 안정된 삶이 아니라 빚더미였다.

물론 모두가 빚 위에 사는 생이었다. 오히려 대출이 있으면 돈 모으기 좋다는 말도 했다. 번 돈을 허튼 데 안 쓰고 착실히 대출 상환에 쓰니 결국 돈을 버는 셈이라고 했다. 시현은 그 셈법을 도무지 이해할 수 없었지만 그렇게 믿는 게 헛헛한 마음을 채울 수 있는 유일한 방법이었기에 고개를 끄덕였다. 그러면서도 답답했다. 전세 계약이 끝나고 재계약을 해도, 다른 집을 알아보더라도 대출은 계속될 것이고, 아무리 저금리라지만 월급의 일부는 이자로 고스란히 날아갈 터였다. 나이가 더 들면 청년으로서 누리고 있는 지금의 혜택도 사라질지 몰랐다. 이대로는 답이 없을 것 같았다. 이런저런 부업을 알아보다 시작한 게 바로 유튜브였다.

모두가 하는 레드 오션이었지만 어차피 큰 욕심은 없었다. 온라인 강의를 듣고 중고 거래로 촬영 장비도 저렴하게 장만했다. 문제는 콘텐츠였다. 시현만 할 수 있는 걸 하고 싶었지만 결국 일상 브이로그, 먹방, 여행같이 누구나 찍을 수 있는 내용을 찍었다. 처음에 조금 봐주던 지인도 곧 시들해지고 결국 보는 사람은 없었다. 고만고만한 이야기 말고 조금 더 획기적인 게 필요했다. 이나처럼.

"나랑 같이 유튜브 해보지 않을래요? 수익은 6 대 4."

"네? 뭐하게요?"

유튜브라면 이제 이나도 제법 익숙했다. 모르는 게 있거나 심심할 때면 유튜브를 켰다. 그건 시현도 마찬가지인 듯했다. 운동을 하거나 요리할 때, 음악을 듣거나 깔깔거릴 때도 유튜브와 함께였다. 하지만 이나가 생각하기에 두 사람은 운동도, 요리도, 노래도, 만담도 뛰어나지 않았다. 그런데 대체 무엇을 한단 말인가.

"우린 캐릭터가 있잖아요. 인어."

"네? 그거 밝혀지면 안 돼요."

"왜요? 엄청 인기 많을 거 같은데."

다르다는 사실을 들키지 말 것. 파견 대원 훈련 때도, 은수와 만났을 때도, 모건 전설 속에서도 공통으로 들었던 말이었다. 그 이유를 정확히 알 수 없었지만, 의문을 제기할 수 없을 만큼 강하게 각인된 법칙이었다. 살기 위해 먹어야 한다는 것처럼. 오히려 시현은 금방 고개를 끄덕였다. 시현만 해도 바로 캐릭터와 인기를 운운하며 손을 내밀었으니, 다른 사람들은 오죽할까 싶었다. 수족관, 방송국, 연구소, 인신매매단 어디에 팔려도 이상하지 않았다.

"그럼… 인어인 척하는 건 어때요?."

쉽사리 대답하지 못하고 주저하는 이나를 시현은 포기하지 않았다.

"잘 생각해 봐요. 여기 살려면 돈이 진짜 많이 필요한 거 알죠?"

이나는 잠시 생각을 고르다 고개를 끄덕였다. 시현은 잘 됐다 싶어 자신이 들었던 유튜브 강의 내용을 떠올리며 이 일의 수익성과 전망을 줄줄이 읊어댔다. 당장 여기 와서 얼마를 썼는지, 돈을 어떻게 버는지도 물었다. 잘 모르겠다는 이나 앞에서 과장된 몸짓을 하며 그래서는 안 된다고 단호하게 말하기도 했다. 함께 유튜브 채널을 운영하게 되면 육지에서 살아남는 법을 절로 배울 수 있을 거라는 말과 함께. 물론 머릿속으로는 '인어의 파란만장 육지 적응기' 정도의 콘셉트로 촬영하면 되겠다는 야무진 상상을 펼쳤다.

"기획, 촬영, 편집 내가 다 할게요. 이나 씨는 출연만 하면 돼요."

"좀 더 고민해 볼게요."

이나가 수락하기까지는 일주일 정도의 시간이 걸렸다. 시현에게 말하진 않았지만, 여기저기 아르

144

바이트를 알아보고 다녔다. 어느 하나 수월한 건 없었다. 8시간마다 올라오는 비늘에 대비해야 했고, 열기는 물론 사람의 체온도 피해야 했다. 그렇다고 진주에만 의존할 수도 없는 일이었다. 천연 진주를 구하기는 점점 어려워졌고, 파견 대원들 때문인지 시장에서 늘어나는 공급도 문제였다. 장기적으로 괜찮은 수익 구조가 필요하긴 했다. 그러면 앞으로 다른 인어들이 이주했을 때 도움이 될 수 있을지도 몰랐다. 딱 10개만 찍어 올려 반응을 살펴보기로 했다.

Mermaid Dreams. 시현이 새로 만든 유튜브 채널과 sns 계정이었다. 시현은 두근거렸다. 사두고 처박아 두었던 장비를 쓰게 되어서인지, 새로운 출발 덕인지, 돈방석에 앉게 될지도 모른다는 막연한 희망 때문인지 알 수 없었다. 두 사람은 처음 촬영 장소로 정한 마트로 향했다. 은수가 대략 필요한 물품과 일주일 치 식료품을 택배로 보내주었기에 특별히 마트에 갈 일이 없던 이나는 눈이 휘둥그레졌다.

"인간은 거의 모든 걸 먹는다더니 정말 먹을

게 많네요."

　이나가 제일 먼저 들어선 곳은 형형색색의 포
장지에 쌓인 과자나 라면, 단백질 음료, 비타민 젤
리 같은 게 쌓여 있는 코너였다. 시원한 공기가 흐
르는 냉장 코너를 지날 땐 아주 느린 속도로 여기저
기 손을 뻗으며 걸었다. 지나가는 사람들이 그런 이
나와 카메라를 들고 쫓는 시현을 종종 이상한 눈으
로 바라봤지만 개의치 않았다. 시현에겐 더 중요한
게 있었다. 사람들이 시선을 끌만큼 기이한 행동일
수록 더 좋았다.

　"왜 거기에 손을 넣는 거죠?"

　"여기는 제 고향보다 덥거든요. 딱 이 정도가
적당한 거 같아요."

　시현은 천천히 이나를 따라갔다. 이나는 이것
저것 신기한 듯 들여다봤지만, 정작 무엇을 골라야
할지 모르는 듯했다. 텅 빈 카트를 끌고 여기저기
지나쳐 해산물 코너 앞에 섰다. 생명을 잃은 눈빛과
푸르딩딩한 피부를 가진 생선들이 가지런히 놓여
있었다. 이나는 알 수 없는 표정을 지었다.

　"진짜로 죽은 생선 보니까 어때요?"

"음, 모르겠어요. 맛이 없을 것 같은데…"

"우리 인간들은 저걸 맛있게 요리해 먹어요. 한번 먹어볼래요?"

고개를 끄덕이는 이나를 보며 시현은 세일 하는 고등어 한 마리를 샀다. 평소 같으면 비린내 때문에 절대로 사지 않을 품목이었다. 비닐에 꽁꽁 싸맨 생선 한 마리를 카트에 달랑 하나 넣고 계산대로 향했다. 시현은 잠시 머뭇거렸다. 이나와 촬영을 생각하면 셀프 계산대가 낫겠다 싶었지만, 현금 생활을 위해서 일반 계산대로 향했다.

"이건 제가 쏘는 겁니다."

시현은 작게 생색내며 캐셔에게 현금을 내밀었다. 그런데 이나의 관심은 시현이 자신을 위해 돈을 '낸다'는 게 아니라 '돈'을 내밀고 있다는 사실이었다.

"와, 저 현금 처음 봐요."

이나는 시현이 내민 지폐를 빤히 쳐다봤다. 놀란 표정을 짓고 있는 건 이나만이 아니었다. 캐셔와 계산 대기 줄에 있던 손님들도 현금을 힐끗힐끗 바라봤다. 그만큼 어디서도 현금을 보기 쉽지 않은 시대였다. 하지만 시현은 생활비를 현금으로만 사용했다. 월급을 받으면 매달 대출 이자, 수도 및 전기, 가스 등 공과금, 통신비, 보험료 같은 고정지출을 제외한 한 달 생활비를 현금으로 인출 한 뒤, 식비, 경조사비, 품위유지비, 문화 생활비, 약속 등 항목별로 나눠 현금 바인더에 보관했다. 그걸 다시 일주일씩 나누고 그 예산을 요일별 현금 바인더에 넣었다. 물론 이 모든 것들은 현금 생활 챌린지, 현생러 입문, 현생 가이드와 같은 콘텐츠로 제작하기도 했다. 볼품없던 조회수였지만, 인어의 현금 생활이라면 좀 괜찮지 않을까 하는 생각이 들었다.

시현이 가지고 나온 작은 은행에 이나의 눈이 휘둥그레졌다. 열쇠로 작은 현금보관함을 열자, 경쾌한 소리를 내며 지폐와 동전이 나타났다. 난생처음 보는 현금을 이나는 신기한 듯 물끄러미 바라봤다. 종류별로 다른 색과 글자, 그림을 열심히 살피기도 했는데 놀라운 건 그뿐이 아니었다. 요일별로 주머니가 나뉜 현금 바인더에는 곱게 접힌 현금이 가지런히 들어 있었고, 날짜별 지출이 적힌 얇고 투명한 아크릴 속지도 보였다. 시현은 거기에 방금 마트에서 구매한 고등어 가격을 적어넣었다. 알록달록한 조약돌이 오밀조밀 박힌 것 같은 계산기도, 저축액을 천 원 단위로 환산해서 붙였다는 스티커도 하나같이 아기자기했다. 무엇보다 시현이 촤라락 소리를 내며 현금을 세는 모습이 가장 근사해 보였다.

"와, 멋지다. 현금 되게 좋아요. 인간들은 왜 이걸 안 써요?"

"예전엔 다 이걸 썼어요. 근데 가지고 다니면 불편하잖아요. 인간은 편한 걸 좋아하거든요."

"그럼 시현은요? 시현은 불편한 걸 좋아해요?"

"음… 아뇨. 안 불편 하려고 하는 거예요. 육지에서 제일 불편한 건 돈이 없는 거거든요. 그러지 않으려고요."

"나도 해보고 싶어요."

시현은 이나와 함께 현금을 뽑고, 가까운 상점에 가서 현금 바인더를 구매했다. 이 모든 것들이 전부 카메라에 담겼고, 시현은 편집하느라 밤을 꼬박 새워야 했다. 들인 수고에 비해 반응이 썩 좋진 않았다. 하지만 이제 겨우 시작이지 않은가. 시현은 희망을 버리지 않고 다음 계획을 세웠다.

이번에는 좀 더 극적인 상황을 연출해 보기로 했다. 바다에서 나온 인어가 등산하는 콘셉트. 이나의 반응은 의외로 긍정적이었다. 산이 아무리 높아 봤자 바다에서 육지까지 올라온 것보다는 짧지 않겠느냐고 농담을 던지기도 했다. 그래도 육지는 바다와 다르기에 시현은 이나의 무릎과 발목에 보호대를 끼우도록 했다. 자신의 체온에 이나의 살갗이 탈까 봐 제 다리에 시범을 보여줬더니 곧잘 따라 했다. 햇볕을 차단하기 위한 선글라스와 모자도 잊지 않았다. 얼음물과 얼음팩은 시현의 가방에 챙겨 넣었다. 막상 산에 오르기 시작하니 이나가 앞섰다. 오히려 말수가 줄어든 건 시현 쪽이었다. 점점 버거워지던 카메라도 어느새 이나 손에 들려 있었다. 이나는 말없이 계속 산속을 걸어 올랐다. 바다에 있는 산맥과는 분명 달랐다. 하나하나 밟아서 올라가야 했으니까. 육지에서 한 일 중에 가장 정직한 움직임이었다. 이나는 한 걸음 한 걸음 뚜벅뚜벅 차근차근 몸을 움직였다. 바다에서처럼, 육지에 올 때처럼. 시현은 정상에 올라서야 정신이 들었다. 그저 헉헉

거리기만 한 영상 속에 쓸만한 게 있을 리 없었다. 터덜터덜 내려오는 길, 이나가 잠시 멈춰 섰다. 머리 위로 노을이 흐르고 있었다.

"누가 하늘에 해를 빠뜨린 것만 같아. 아니, 스스로 빠진 건가."

하늘에 빠진 태양이라니. 시현은 다시 카메라를 켰다. 서서히 녹아 들어가는 태양과 그걸 쫓는 이나를 담았다. 아주 천천히. 사르르 작아지는 해를 따라 붉은 기운도 풀어졌다. 주홍빛에서 자줏빛으로, 또다시 보랏빛으로… 마침내 완전히 녹아들었다. 더 어두워지기 전에 서둘러 걸음을 옮겼다. 출출했다. 근처에서 허기를 채우고 갈까 싶었지만, 시현이 책정한 오늘의 예산에 식비는 없었다. 이나 역시 마찬가지였다.

짜장 라면을 하나 끓이고 얼린 밥 한 덩이를 해동했다. 각자의 식량을 반씩 나누고 계란프라이까지 얹어 짜장 라면 덮밥을 완성했다. 이나가 냉장고에서 반찬을 꺼내고 상을 차리는 동안 시현은 이나 접시를 휴대용 선풍기로 식혔다. 이나가 건네받은 바람으로 제 몸에 닿은 열기를 걷어내며 말했다.

"나 있지… 인간이 왜 등산을 좋아하는지 알 것 같아요."

"왜요?"

"움직이는 만큼 올라가잖아요. 엄청 정직해. 눈에 보이기도 하고."

"근데 인간은 눈에 안 보이는 걸 좋아하는데. 애정, 권력, 아름다움… 이런 거요."

"아닌데. 눈에 보이는 거 좋아하던데. 현금. 집. 음식. 이런 거요."

"맞네. 언어가 인간을 더 잘 아네. 아, 잠깐만요."

시현은 갑자기 벌떡 일어나더니 카메라를 가져와 세팅하기 시작했고, 이나는 그제야 열이 빠져나간 음식을 떴다. 시현도 슬그머니 앉아 수저를 다시 쥐었다. 이나 쪽으로 고개를 빼 들면서.

"그러니까 등산, 좋았다는 거죠?"

이나가 고개를 끄덕였다. 그리고 시현이 작게 속삭였다. 친근함을 위해 방송할 때 말을 편하게 해보라고.

"지금도 편하게 하는데요?"

"아니, 그게 아니고 말을 놓으라고요. 반말. 알

152

죠? 뒤에 '요' 빼는 거."

아, 짧은 탄성과 함께 이나는 고개를 또 한 번 끄덕였고, 시현은 말을 이어갔다.

"근데… 안 힘들어요? 인어가 무슨 인간보다 등산을 그렇게 잘해요? 그냥 우리 말 편하게 할까요? 친근하게."

"나 이래 봬도 완전 엘리트 인어였거든!"

이나가 어설픈 젓가락질을 멈추고 진지하게 말했다. 바다에서 했던 신체 훈련들에 대해서. 급기야 시현이 홈트레이닝 할 때 했던 동작들을 완벽하게 따라 하기 시작했다. 흔들림 없는 플랭크 자세와 절도 있는 스쿼트, 팔굽혀 펴기까지. 시현이 매번 구르기만 했던 어깨서기 자세도 거뜬하게 해냈다.

"이런 건 도대체 언제 한 거야?"

"집에 혼자 있을 때. 나도 계속 체력 관리는 해야 하니까."

"아니, 인어는 그냥 바다에 둥둥 떠다니면 되는 거 아니었어?"

"절대! 그건 육지에 식량이 많으니까 누구나 굶지 않고 쉽게 배부르게 지낼 수 있다고 생각하는 거랑 별 차이가 없는 거야. 먹이 사냥도 해야 하지, 천적도 피해야지, 이제는 집 찾으러 이렇게 생판 모르는 육지까지 왔잖아. 여기 오느라 또 얼마나 고생했게."

이나의 목소리가 조금 삐끗했다. 속도도 조금 빨라졌다. 이나는 자신이 육지와 인간에 대한 정보를 쌓기 위해 얼마나 많은 노력을 했는지, 인간의 목소리를 내고 언어와 문화를 익히기 위해 얼마나 많은 시간을 쏟아야 했는지 열변을 토해냈다. 자신이 아무리 이 세계를 잘 모른다고 해도 인간이 심해와 인어에 대해 가진 지식보단 풍부하다고도 했다.

"미안해. 그 정도로 고생했는지 정말 몰랐어. 근데… 왜 그렇게까지 해야 했어?"

"… 살기 위해서."

시현도 조금은 알 것 같았다. 아주 멀리 떨어져 있었지만, 시현도 살기 위해서 많은 시간과 노력을 바쳐야 했으니까. 시현은 대학생 때 화려한 스펙을 자랑했다. 해외 봉사활동은 물론이고 한국장학재단에서 주관하는 멘토-멘티 프로그램에 참여했다. 각종 공공기관이나 사기업에서 진행하는 서포터즈

활동도 빼놓지 않았다. 그게 겨우 서울 끝자락에 매달린 시현을 조금 더 안정된 중심부로 끌어당기는 구심력이 될 거라 믿었다. 금방 흩어져 버릴 활동비를 손에 쥐면서도 그들이 던지는 과제를 꾸역꾸역한 건 그런 이유 때문이었다. 학점 관리와 아르바이트도 소홀히 할 수는 없었다. 그 모든 건 살기 위해서였다. 살아가기 위해서. 매일 현금 생활을 하고 평일마다 도시락을 싸 들고 자전거로 출퇴근하는 것도, 이렇게 유튜브를 하는 것도 전부.

갑자기 알람이 울렸다. 이나의 비늘이 올라올 시간이었다. 시현은 빠르게 카메라를 껐고, 이나는 주머니에서 바닷물 키트를 꺼냈다. 둘의 얼굴엔 고된 하루의 그늘이 드리웠다. 하지만 마주친 눈빛 끝에 피어오른 미소가 음영 위로 번졌다.

건강하게 맛있는 음식을 예쁘게 먹는 것, 그게 시현이 누리는 최고의 행복이자 최선의 사치였다. 미니멀 라이프를 외치면서도 미니오븐과 에어프라이어, 전자레인지는 물론이고 각종 요리 도구와 식기류를 포기할 수 없었던 건 그 때문이었다. 조명과 향초, 스피커도 멋진 식사를 위한 장치였다. 물론 매 끼니를 근사하게 챙겨 먹지는 못했지만, 적어도 인스턴트나 배달 음식을 삼가고 주말만큼은 맛있는 술을 곁들인 그럴듯한 식사와 달콤한 디저트 타임까지 완벽하게 채우는 게 시현의 낙이었다.

모처럼 주말 아닌 빨간 날이었다. 베란다에는 초록 잎이 너울거리고 있었다. 시현은 손바닥보다 조금 작은 크기의 잎들을 줄기에서 떼어 냈다. 흐르는 물에 잘 씻어 말린 깻잎에 냉장고를 굴러다니는 견과류 몇 알과 마늘, 소금, 올리브 오일을 넣고 함께 갈았다. 뻑뻑한 깻잎 탓에 시현은 핸드 블렌더를 몇 번이나 멈춰야 했고, 그때마다 오일을 더 투하하며 고군분투한 뒤에야 가까스로 끝이 났다. 완성된 페스토는 포두부를 썰어 만든 두부면과 섞어 파스타 볼에 담아냈다.

각종 페스토를 만들어 보자는 건 시현의 아이디어였다. 생각보다 육지의 식재료도, 매콤하거나 쏘는 듯한 맛도 잘 먹는 이나였지만 유독 열기는 힘들어했다. 뜨겁지 않으면서 맛있는 요리는 없을까 고민한 끝에 시현이 꺼낸 아이디어가 바로 페스토

였다. 그때그때 저렴한 제철 나물을 이용해서 페스
토를 만들어 두면 그다지 어렵지 않게 근사한 요리
를 완성할 수 있었다. 무엇보다 쌉쌀하고 고소한 내
음을 시현도, 이나도 좋아했다. 아예 둘은 공동 생
활비용 현금 바인더를 만들었고, 그 예산에서 페스
토와 샐러드나 파스타, 샌드위치 재료를 샀다.

"와, 진짜 인간들은 천재인 거 같아."

초록 소스를 입가에 묻힌 채 이나가 또 한 번
감탄했다. 육지는 확실히 먹이가 많기도 했지만, 그
보다 다양한 조리법이 있었다. 생선만 해도 그랬다.
날로 먹기만 하는 게 아니라 날것을 숙성시키기도
하고, 또 굽고, 삭히고, 찌고, 조리고… 시현이 마트
에서 산 고등어로 만들어 준 파스타는 정말 신세계
였다. 그때 이나는 확실히 알았다. 인간들은 배만
채우는 게 아니라 맛을 즐긴다는 사실을. 이나도 그
즐거움에 서서히 물들어 갔다. 이제는 이나도 식사
를 마치면 디저트를 고민하는 게 너무 당연해졌다.
그날도 커피를 내려 마실 컵을 고르고 있었다. 그때
은수에게 연락이 왔다. 가끔 별일 없냐는 확인 메시
지가 오긴 했지만, 직접 전화를 걸어온 건 처음이었

다. 거친 목소리로 다짜고짜 쏟아붓기 시작했다.

"정신이 있는 거예요? 그렇게 대놓고 정체를 드러내면 어쩌자는 거예요 진짜. 네? 내가 말했잖아요. 조심하라고!"

밑도 끝도 없이 내질러대는 은수의 말이 무슨 뜻인지 이나는 알 수 없었다. '유튜브'라는 단어를 들었을 때 어렴풋이 짐작했고, 옆에 있던 시현이 휴대폰으로 유튜브 채널을 확인했을 때, 비로소 선명해졌다.

'뭐야, 대체 그럼 어디서 살아야 하는 거야?', '와, 인어 콘셉트 오지네.', '말하는 거 보소. 인간들이래ㅋㅋㅋㅋㅋㅋ', '디테일 쩐다. 진짠줄..ㅋㅋㅋㅋㅋㅋㅋㅋ', '오, 피부 개 좋네. 인어화장법인가?'

시현이 올린 영상에 댓글이 달려 있었다. 물론 인어 콘셉트라는 설명이 명시되어 있었고, 그 누구도 인어의 존재를 믿는 듯한 사람은 없었다. 하지만 만에 하나 이 영상이 사람들 사이에 더 널리 퍼진다면 대중의 시선이 진실에 점점 더 가까워질지도 몰랐다. 게다가 이나가 뱉은 모든 말은 사실 아닌가.

"말했잖아요. 다르다는 걸 들켜서는 안 된다고."

"이미 시현은 알고 있어요. 그런데 나쁘지 않아요. 오히려 더 서로를 이해하게 되었다고요."

"당신이 인간을 알아요? 몰라. 그러니까 당하고 있지. 이시현이 이용하는 거잖아요, 당신."

"서로 이용하는 거예요."

진심이었다. 이나는 시현의 의도를 정확히 파악했고, 시현이 부수입을 얻는데 자신이 도움이 되길 바랐다. 시현처럼 열심히 사는 인간이 잘 살아남기를 바랐다. 물론 그 마음이 무한한 희생정신이나 헌신에서 비롯된 건 아니었다. 그러기엔 이나의 생도 고되었기에. 시현의 수입에서 일부는 이나의 몫으로 떨어지게 된다는 사실도, 유튜브 촬영을 하면서 청소하고 요리하는 법, 장을 보고 대중교통을 타는 법, 키오스크를 사용하고 사람과 대화하는 법을 배울 수 있다는 것도 좋았다. 그러니까 그 누구에게도 손해가 되는 일이 아니라고 이나는 말했다. 하지만 은수는 코웃음을 쳤다. 이러면 무리 전부가 이주하는 게 힘들지도 모른다고 했다. 인어라는 새로운 존재를 인간들이 가만히 두지 않을 거라고도 했다.

시현처럼. 실은 시현이 이나에게 가르쳐준 모든 것들은 은수가 건당 수수료를 받고 알려줄 것들이었다는 말은 삼켰다. 이러느라 그동안 보내던 택배도 필요 없다고, 직접 장을 보겠다고 한 거였냐고 따져묻지도 않았다. 이나도 시현이 냉동실에 크기별 얼음팩을 얼려두고, 작은 휴대용 병을 여러 개 사서 바닷물을 채워 넣었다는 것을, 해양 다큐멘터리를 보고 눈물을 흘리고, 당장 환경 단체 후원을 시작했다는 사실을 꺼내진 않았다. 대신 물었다.

"당신은 인간을 믿지 않나요? 아니, 인간을 증오하나요?"

수화기 너머는 조용했다. 이나는 잠자코 기다렸다. 인간의 체온을 가졌고 이나와 비슷한 검푸른 눈을 가진, 귀 뒤엔 옅은 아가미 자국이 있는 은수의 대답을. 툭, 전화가 끊겼다.

이나는 은수의 말을 믿지 않았다. 시현이 자신을 이용하는 거라는 그 말. 오히려 은수의 뾰족함은 대체 어디서 온 건지 궁금했다. 은수는 인어에게만큼이나 인간에게도 다정하지 않아 보였다. 하지만 마음과 별개로 은수가 던진 말은 이나의 품으로 들어와 버렸다. 여기저기 하염없이 헤집고 다녔다. 시현의 진심을 의심하지 않았지만, 자신을 계속 노출하는 게 위험할 수도 있다는 생각이 들었다. 어쩌면 시현의 진심에 탁한 욕심이 몇 방울 섞여 있는지도 몰랐다. 이나의 말 속에 아주 연하고 작은 가시 몇 개가 박혀 있던 것처럼.

"유튜브 찍지 말라고 해서. 아무래도 그래야 할까 봐."

"왜?"

"위험하다고. 걸리면 무리 전체가 이주하기 힘들 수 있으니까. 고작 유튜브 때문에 임무를 망칠 순 없잖아."

"고작…?"

"아니, 그러니까 내 말은…"

이어갈 말이 딱히 생각나지 않았다. 유튜브를 기획하고 편집하는데 들어가는 품이나 함께 촬영하면서 보낸 시간을 보잘것없다 말한 건 아니었다. 육지 생활을 이해하고 적응하는 데 많은 도움이 된 것도 사실이었다. 다만, 파견 대원으로서 막중한 책임감을 잊고 개인적인 감탄과 즐거움으로 기우는 건 경계해야 한다는 경각심이 깨어났을 뿐이었다. 그 사사로운 감정들은 공적인 미션 앞에서 고작일 뿐인데, 유튜브를 찍을수록 자꾸만 그 고작이 점점 커지는 것만 같았다. 은수의 말이 헤집고 간 자리에 돋아난 마음이 흐릿해진 이성을 깨웠다. 분석보다는 감탄이, 판단보다는 애정이 쌓여버린 게 사실이었다. 파견 대원 수칙에 따라 위험을 최소화할 필요가 있었다.

은수는 그냥 브로커일 뿐이라고, 왜 브로커가 하라는 대로 하냐고 쏘아붙였지만 돌아서는 시현의 마음도 편치는 않았다. 팔로우 수가 늘어난 SNS 계정을 봐도 별로 기쁘지 않았다. 그래봤자 고작 이 숫자를 위해서 황금 같은 주말을 허비하고 소중한 예산을 쓰고 밤잠을 설쳤던 건가. 조금 서운한 마음도 들었다. 그래도 함께한 시간과 추억을 따지면 은수보다는 시현 쪽이 훨씬 많고 짙은데, 어떻게 한 마디에 그렇게 팔랑일 수가 있지. 그러면서도 아주 조금은 헷갈렸다. 이게 정말 이나를 위한 게 맞긴 할까. 아니지. 분명 서로에게 모두 도움이 될 거라 믿고 시작했잖아. 아니, 그렇다고 생각했는데, 그래, 물론 첫 마음이 완전히 순수하지만은 않았지만, 그래도 이나를 이용하려던 건 아니었다. 기획과 촬영, 편집까지. 들이는 품도 시현이 훨씬 더 많지 않은가. 그런데 이상했다. 침대 위에 누운 몸을 뒤척일 때마다 마음도 자꾸만 뒤척거렸다.

, 육지의 시간은 빠르게 흘렀다. 모든 건 수시로 달라졌고, 사람들은 그걸 당연하게 여겼다. 쉽사리 사라져가는 모든 순간들 앞에 머뭇대는 건 이나 뿐인 듯했다. 이나에게는 모든 것이 새로웠고, 수많은 정보를 쓰고 지우느라 바빴다. 인어들이 이 속도를 견딜 수 있을까. 걱정이 되기도 했지만, 이나는 조금씩 육지에 뿌리를 내렸다. 흙에서 틔우는 열매를 수확하는 법을 배우고, 그 결실로 만드는 인간의 조리법을 터득했다. 그 요리를 나누어 먹는 행복과 기록하는 즐거움을 알아갔다. 가끔 낮에만 하는 식당 아르바이트나 동네 수영장 강사를 하기도 했다. 그럴 때마다 은수가 만들어 주는 위조 문서들은 유용했다. 지역 센터 수영 강사 자리는 좀 버겁기도 했지만, 파트 타임으로 할 만한 것 같았다. 무엇보다 물속에 마음껏 있어도 된다는 게 좋았다. 한 가지 걸리는 게 있다면 유튜브 촬영을 그만둔 것이었다.

시현은 Mermaid Dreams 채널과 SNS 계정을 삭제했다. 이나는 그렇게까지 할 필요가 있겠냐고 했지만, 시현은 인어임이 탄로 나지 않으려면 별로 주목받지 못했을 때 삭제해 버리는 게 좋다고 말했다. 이나는 시현이 던진 단호한 말과 씁쓸한 표정 중에 어느 쪽을 믿어야 할까 고민하면서 그저 고개를 끄덕였다. '인간관계론'에선 이럴 땐 말보단 표정을 믿으라고 했기에, 이나는 괜스레 미안한 마음이 삐져나왔다. 시현이 심혈을 기울인 동영상 원본을 혼자 재생할 때마다 그 감정은 훨씬 더 부풀어 올랐다. 가끔은 죄책감도 더해져 시현에게 시답지 않은 말을 건네고 가볍게 웃어넘기는 일이 어색해졌다. 인간들은 이럴 때 어떻게 할까. 바다에서 배웠던 '인간관계론'을 열심히 떠올려 봤지만, 아무래도 이 상황에 꼭 맞는 건 없어 보였다. 유튜브도 마찬가지였다. 인간관계 조언, 친구와 싸웠을 때, 현명한 관계, 인간관계 잘하는 사람 등등 여러 개의 콘텐츠를 봤지만 전부 뻔한 내용뿐 현실적으로 도움이 되는 건 없었다.

　이나는 곰곰이 시현을 떠올려 보았다. 인간에 대해서는 몰라도 시현에 대해서라면 자신이 있었다. 시현이 좋아하는 것, 시현을 웃게 하는 것. 자리에서 일어나 주방으로 갔다. 시현이 좋아하는 오일 파스타를 만들기로 했다. 화이트 와인도 사 두었다. 어제는 왜 유독 낯빛이 어두웠는지, 밥도 거르고 방으로 들어가 버릴 만큼 커다란 문제가 있던 건지도 물어볼 참이었다. 시현이 만든 콘텐츠는 나중에 육지로 올라온 인어들에게 교육 영상으로 쓰겠다고, 그때 영상을 볼 때마다 꼭 현금이나 인어들이 가져온 진주를 건네겠다는 말도 해야겠다 생각했다.

만반의 채비를 하고 가스레인지 앞에 섰다. 오일 두른 팬에 마늘을 익히다 미리 삶아둔 면과 홍가리비를 넣고 볶았다. '접시'라고 적힌 상부장에서 예쁜 접시 두 개를, '컵'이라고 적힌 상부장에서 와인잔 두 개를 꺼냈다. 수저받침과 포크, 숟가락도 두 벌씩 깔고, 담백한 빵도 4조각 썰어두었다. 한 김 식히기 위해서 제 몫은 미리 덜어두었고, 시현이 먹을 면은 삶은 채로 체에 밭쳐두었다. 도어락 버튼 누르는 소리에 벌떡 일어나 현관 앞으로 갔다. 시현이 서 있었다. 넋이 나간 표정으로.

"사람이… 죽었어."

시현은 이나를 보자마자 주저앉아 울었다. 온

몸에 꾹꾹 눌러두었던 슬픔을 한꺼번에 토해내듯. 앞치마를 두르고 신나게 뛰어나갔던 이나는 무슨 말을 해야 할지, 그게 어떤 마음인지 가늠할 수 없었지만, 일단 시현을 안았다. 드라마나 영화 속 인간이 울 때마다 누군가 안아주었던 장면이 떠오르기도 했지만, 들썩이는 등을 보니 어쩐지 감싸주고 싶다는 생각이 들었다. 한 손으로 시현의 손을 잡고, 다른 손으로 시현의 등을 쓸어내렸다. 비릿한 냄새가 나면서 손이 부풀어 올랐지만, 이나는 그 통증을 느낄 수 없었다. 그저 떨리는 시현의 숨결에 집중했다. 이나는 소렌을 떠올렸다. 죽음에 대해 말하던 소렌. 가까이에서 죽음을 목격하고 엄마에게 낙인처럼 남은 죽음의 흔적을 바라봐야 했던 친구. 소렌을 덮쳤던 슬픔과 상실의 무게는 결국 어디로도 흘러가지 못한 채 분노로 뭉쳐졌다. 이나는 그걸 또 보게 될까 두려웠다. 시현도 가까이에서 죽음을 목격한 걸까?

"대체 무슨 일이야. 말을 해봐. 어?"

그제야 시현은 고개를 들고 이나를 봤다. 화장을 하지 않아 지워질 게 없었는데도 무언가 뭉개진 얼굴이었다. 눈물로 얼룩진 목소리로 시현은 바다에 스스로 뛰어든 인간에 대해 이야기했다. 집에서 쫓겨났다고도 했다.

"왜? 돈을 안 낸 거야?"

시현은 고개를 내저었다. 돈도 빼앗기고 집에서도 쫓겨났다고 했다. 이해할 수 없었다. 그건 육지의 법칙에서 어긋난 일이었다. 하지만 시현은 그런 일이 일어났다고 했다. 바다에 빠진 사람은 아파트 전세 세입자였고, 집주인이 요구한 보증금을 제날짜에 성실히 납부했다. 집주인은 그 아파트를 담보로 수억의 돈을 빌렸고, 결국 갚지 않았다. 이 모든 건 바다에 빠진 사람이 모르게 일어난 일들이었다. 하지만 집주인에게 돈을 빌려준 사람은 그 사실을 알지 못했고, 알고 싶어하지도 않았다. 애초에 바다에 빠진 사람을 알지도 못했고, 알고 싶어하지 않았다. 돈을 빌려준 사람이 알고 싶은 건 자신의 돈을 언제, 어떻게 돌려받을 수 있는가 뿐이었다. 돈을 돌려받기 위해서 그 사람이 선택한 방법은 경매였다. 돈을 빌려 간 사람이 담보로 설정한 집을 경매 매물로 내놓는 것. 그게 하필 바다에 빠진 사람이 살고 있는 집이었다. 몇 년간 그 집에 머무는 대가로 평생 모았던, 또 모아야 할 돈을 집주인에게 주었다. 그런데 한순간에 돈도, 집도 물거품처럼 사라졌다. 바다에 빠진 사람은 바다에 빠지고 싶지 않았다. 바다에 빠지기 전에 육지에서 열심히 뛰었다. 하지만 원래 계약한 집주인에게서도, 경매로 낙찰받은 새 집주인에게서도 보증금을 받지 못했다. 애초에 근저당 설정 금액이 높은 탓에 전세보증금 반환보증 보험에 가입할 수도 없었다. 결국, 돈도 집도 구하지 못했다. 목숨과 영혼까지도. 육지의 법이 그랬다. 결국 그 사람은 바다의 품으로 뛰어들었다.

눈물에 잠긴 시현의 설명은 중간중간 멈췄지만, 끊기지 않았다. 끊어진 건 오히려 이나 쪽이었다. 머릿속에 차곡차곡 쌓았던 육지의 법과 인간 사회의 질서가 뚝뚝 잘려 나가고, 마구 뒤엉킨 기분이었다. 그 파편 사이로 바닷속에서 만난 인간들이 눈앞에 있는 것처럼 선명하게 떠올랐다. 잠수복과 마스크, 오리발로 무장하고 산호초 섬 주변을 맴돌던 인간 무리를 지나, 아무런 장비 없이 홀로 허우적대던 시현이 말한 인간도 아마 맨몸으로 몸부림쳤겠지? 지금도 찬 바다 어딘가를 둥둥 떠다니고 있을까? 그때 그 인간도 스스로 바다에 뛰어들었던 걸까? 대체 왜? 이나는 궁금했다. 이나에게 죽음은 상위 포식자에게 물어뜯기거나 잡아 먹히는 것, 또는 먹이를 구하지 못해서 굶어간다는 의미였다. 그런데 바다에 뛰어들었다니, 그것도 스스로. 육지 인간도 바다 인어처럼 살아남기 위해 애쓰는 건 알았지만, 적어도 누군가에게 잡아 먹힐 일도, 먹을 게 부족할 일도 없어 보였는데 이상했다. 시현이 들려준 이야기를 이해할 수 없었다.

"육지에도 상위 포식자가 있어."

"누구? 어디에 있는데? 내가 아직 못 봤어?"

"보이지 않게 존재해. 힘 있는 인간들은."

여전히 습기가 찬 시현의 목소리 탓에 잘 알아들을 수 없는 건지, 오늘따라 시현의 말이 어려운 건지 이나는 헷갈렸다. 그럼에도 시현의 말을 이해하고 싶었다. 시현이 뱉어 내는 단어 사이에 스민 눈물들을 닦아내고 싶었다. 그럴수록 눈을 크게 뜨고, 귀를 바짝 열었다.

시현은 바다에 빠진 사람을 이해할 수 있었다.

아니, 할 수만 있다면 시현도 바다에 빠지고 싶었다. 이곳만 아니면 어디든 괜찮을 것 같았다. 시현이 현관문에 붙어 있는 흰 종이를 발견한 건 바로 전날이었다. 별다를 것 없는 하루였고, 평소보다 조금 이른 퇴근에 발걸음이 가벼웠으며, 요 며칠 조금 소원해진 이나와 간만에 맛있는 시간을 보낼 마음에 마트에 들러 세일하는 시금치와 방풍나물, 이나가 좋아하는 아이스크림을 사 오는 길이었다. 덕분에 오늘의 예산을 조금 초과했지만, 내일 그만큼 줄이면 된다고 생각하며 즐겁게 집으로 향하던 발걸음이었다. 하얀 바탕을 채운 정갈한 글씨를 읽기도 전에 심장이 쿵 내려앉았다. 뭔가 예감이 좋지 않았다. 빠르게 읽어내려간 글자들은 대부분 알아듣기 어려운 말들이었지만, 두 글자만큼은 선명했다. 경매. 손이 떨리고 다리에 힘이 풀렸다. 당장 떼서 찢어 버리고 싶은데, 그러면 안 될 것 같아서 살살 뜯었다. 액운을 불러오는 불경한 물건인 것 같아서 접고 또 접어 작게 만들어 가방에 넣어버렸다. 아무것도 아닌 것처럼. 눈길을 주지 않았던 옆집 현관문도 다시 살폈다. 현란한 컬러의 전단지만 무성했다. 등

줄기에 식은땀이 흘렀다. 그 옆집 문엔 시현의 문에 붙은 것과 동일한 종이가 붙어 있었다. 바짝 다가가서 빠르게 읽어내는 동시에 고이 접었던 종이를 펼쳐 들었다. 같은 문구였다. 시현의 층을 모두 살핀 뒤, 올라왔던 계단을 다시 내려갔다. 아래층 현관에도 희끄무레한 게 눈에 들어왔다. 반듯하게 붙어 있는 하얀 종이를 발견할 때면 혼자가 아니라는 안도감이 들었다. 뒤이어 올라오는 죄책감을 숨기면서 한 층을 또 내려갔다. 똑같은 종이를 발견했으면 좋겠다는 마음으로 한 걸음, 그런 자신의 마음에 실망하며 다시 한 걸음, 이 모든 게 사라지길 바라는 마음으로 또다시 한 걸음. 1층까지 모든 집의 문을 확인했다. 매일 짜증내며 떼어냈던 알록달록한 전단지들이 그리웠다.

시현은 방으로 달려가 전세 계약서를 찾았다. 거기에 적힌 집주인의 번호로 전화를 걸었다. 벽에 못을 박는 문제로 몇 번 문자를 보내긴 했지만, 전화는 처음이었다. 계약도 집주인 없이 중개사와 이루어졌다. 원래 부동산이 많은 집주인들은, 특히 빌라처럼 다세대주택을 소유하고 있는 집주인들은 일일이 계약하기 바빠 중개사가 진행하는 게 관행이라고 했다. 성인이 된 이후 그동안 배운 것과 다른 수많은 관행이 있었고, 그걸 이상한 눈으로 바라볼 때마다 오히려 더 이상한 눈빛을 되돌려 받았기에, 시현은 그저 고개를 끄덕이며 서명했다. 그렇게 바쁘고 부유한 집주인은 어떤 사람일까? 그런 사람이 고작 1억도 안 되는 보증금을 가지고 장난치진 않겠지? 연결음이 울리는 동안 시현의 심장이 콩닥거렸지만, 무엇을 확인하기 위해 휴대폰을 들고 있는지 자신도 알 수 없었다. 다급한 마음에 전화를 걸었지만, 막상 무슨 말을 해야 할지 떠오르지 않았다. 여보세요, 라는 낯선 목소리가 들려 오자 심장은 더 빠르게 뛰었다. 상대가 집주인이 아니라 관리소장이라는 사실을 알았을 땐 심장이 터질 것만 같았다. 집주인의 번호를 물어 곧바로 전화를 걸었다. 받지 않았다. 걸고 걸고 또 걸었다. 100통 가까운 부재중 전화를 남겼을 때, 결국 시현은 백기를 들었다. 잠시 멍해졌다. 이제 뭘 해야 하지, 생각을 정리했다. 그러니까 시현의 계약기간은 6개월이 남았고, 집주인이 빚을 갚지 못해서 이 집이 경매로 넘어갔다. 그럼 시현이 할 일은 뭘까? 머리가 하얘졌다.

아, 부동산. 일기장을 뒤져 그 속에 끼워져 있던 명함을 꺼냈다. 공인중개사의 번호를 눌렀다. 여전히 무슨 말을 해야 할지 떠오르지 않았다. 전화를 거는 동안 머릿속이 정리되기는커녕 분노로 까맣게 타버렸다. 그저 소리치고 싶었다. 어떻게 된 일이냐고. 몇 번의 연결음 끝에 전화를 받았다. 여보세요, 아무렇지 않은 듯한 목소리가 흘러나왔다. 시현은 이상하게 그 무심함에 안도를 느꼈다.

"아유, 문제없어요. 걱정 마. 경매 그거 별것도 아니야. 그냥 집주인만 바뀌는 거지. 새 집주인이 보증금 다 줄 거야. 그리고 요즘 누가 집주인 바뀐다고 세입자를 내보내. 그러면 큰일 나요. 그거 불법이에요. 시현 씨는 대항력 있잖아. 괜찮아. 문제없다니까. 내가 이 일만 몇십 년짼 데. 괜찮아요. 젊어서 그런가 엄청 꼼꼼하게 챙기네. 그때도 말했지만, 근저당 그거 당연한 거야. 걱정 마요."

자신 넘치는 목소리 앞에서 시현은 과도하게 반응했던 자신을 조금 반성했다. 너무 예민한 거 아니냐던 수영의 목소리도 떠올랐다. 명함 뒷장을 바라보며 시현은 생각했다. 자신이 너무 민감한 거라고. 손에 쥔 명함 뒷면에는 글자와 도형이 마구 그려져 있었다. 어지럽게 엉켜있는 선이랑 화살표 사이로 여러 겹 동그라미로 강조된 '안전'이라는 글자가 눈에 들어왔다. 그래, 안전하다고 이렇게 강조했는걸. 별일 없을 거야. 꼭 그럴 거라고, 시현은 밤새도록 중얼거렸다.

잠을 설치느라 반쯤 감긴 시현의 눈에 불을 지른 건 수영이었다.

"재무팀 김 주임 말이야. 요즘 통 안 보이더니 죽었대. 바다에 뛰어들었나 봐."

'죽었대'부터 수영의 목소리가 훨씬 더 작아졌다.

"뭐? 왜? 어쩌다가?"

"전세 사기라나 봐. 아유, 그러게 잘 좀 확인하지. 바다에 빠질 용기로 더 버텨보든가."

"전세 사기?"

수영은 고개를 끄덕이며 자신이 주워들은 이야기 조각을 풀어놨다. 미세하게 떨리는 시현의 목소리와 초점을 잃은 눈빛은 눈치채지 못했다. 하지만 시현은 알아차렸다. 수영이 고르는 단어와 내비치는 뉘앙스 하나하나가 시현을 할퀴며 지나고 있음을. 결국 안간힘 쓰고 있던 불안한 안정감은 속절없이 무너져 내렸다.

"네가 뭘 안다고 함부로 말해? 그리고, 왜 피해자한테 그러는 건데? 사기 친 사람이 잘못이지. 당한 사람이 잘못이야?"

시현은 벌떡 일어나 소리를 높였다. 깜짝 놀란 수영이 무슨 말을 할 기회도 없이 빠르게 자리를 피했다. 수영이 왜 그러냐고 하면 눈물이 쏟아져 나올까 봐, 그러면 정말 자신도 멍청하게 당한 사람이라고 누군가에게 손가락질 당할까 봐 두려웠다.

뉴스나 신문에서 전세 사기라는 단어는 점점 자주 등장했다. 그럴수록 시현의 마음은 거칠게 요동쳤다. 주변에서 '네 집은 괜찮냐'고 물어볼 때마다 고개를 끄덕였지만, 마음은 점점 초조해졌다. 특히 시현의 상황을 의심하는 듯한 수영이 신경 쓰였다. 물론 그럴수록 시현은 더 아무렇지 않은 척했다. 회사에서 멍청하고 허술한 사람으로 낙인찍히지 않기 위해 멍청하게 웃는 얼굴을 하고 있었지만,

무슨 정신으로 하루하루를 버티는지 자신조차 알 수 없었다. 그저 매일 포털에 뜨는 언론 기사를 살피고, 공인중개사와 집주인한테 전화하는 게 일상이었다. 그게 진실이든 아니든 괜찮을 거라고 당당하게 외치는 중개인의 목소리를 들으면 불안이 조금 가셨다. 계속 전화와 문자를 반복하면 이런 질긴 인간 돈은 절대 떼어먹으면 안 되겠다는 생각을 할지도 모른다는 기대도 섞여 있었다. 하지만 시현의 소망과 달리 중개인마저 전화를 받지 않는 날이 많아졌다. 시현은 말수가 점점 줄어들었다. 입맛도 없었다. 유일한 낙은 술이었다. 제정신으로는 버틸 수가 없었다.

옆에 있는 이나도 덩달아 마음이 불안해졌다. 무슨 일인지는 몰라도 시현이 몸을 웅크리던 세상이, 자신이 발붙이고 있던 땅이 흔들리고 있음을 느낄 수 있었다. 빌라 건물과 현관 앞에 무언가가 수북하게 쌓이기 시작했다. 주로 봉투가 많았는데 법무사, 변호사, 무료 상담 같은 글귀가 붙어 있었다. 이나는 대체 무슨 일이 일어나고 있는지 알 수 없었지만, 아무것도 물어볼 수 없었다. 거의 방에만 쳐

박혀 있는 시현의 얼굴을 마주하는 시간 자체가 별로 없기도 했지만, 혹시 스쳐 지나더라도 눈이 마주치는 일이 없었다. 거실 테이블에 앉아 잔멸치 볶음이나 과자와 함께 소주를 마시는 쓸쓸한 뒷모습이나 화장실을 오가는 비틀대는 발걸음, 현관을 통과하는 멍한 눈빛이 이나가 마주하는 시현의 전부였다. 간혹 이나가 '이제 멸치를 좋아하는 거냐'고 실없는 질문을 던질 때마다 시현은 텅 빈 눈으로 대답했다. 응. 끝이 올라가는지, 내려가는지 알 수 없는 소리였다. 불분명한 말 속에 한 가지만은 명확했다. 쉬이 다가갈 수 없었다. 그럴수록 이나의 속은 바짝바짝 타들어 갔다.

그날은 시현이 아예 보이지 않았다. 현관에 흐트러진 신발을 보면 집에 있는 게 분명할 텐데 아무런 기척이 없었다. 이나는 시현의 방문을 두드렸다. 여전히 아무런 소리가 나지 않았다. 이나는 조심히 문을 열고, 그 틈 사이로 침대에 누워있는 실루엣을 확인했다. 아픈 걸까? 이나는 시현이 건넸던 응급상자가 떠올랐다. 그게 어딨더라. 각종 연고와 상비약이 담긴 박스와 물 한 잔을 들고 시현의 방문을 다시금 두드렸다. 여전히 대답이 없는 시현의 이마를 짚었다. 앗, 하마터면 소리를 내지를 뻔했다. 그동안 스쳤던 인간의 체온 중에 가장 뜨거웠다. 시현은 붉게 부풀어 오른손으로 수건에 물을 적혀 시현의 이마에 올려주었다. 그리고 주말 내내 아무것도 먹지 않는 시현을 위해 죽을 만들기로 했다. 이나가 앓았을 때 시현이 해줬던 것처럼. 뜨거운 온도가 힘든 이나를 위해 차게 식혀 주었지만, 원래 따뜻하게 먹는 거라고 했던 그 심심하고 포근했던 맛. 할 수만 있다면 그걸로 시현의 빈 마음을 채워주고 싶었다.

유튜브로 죽 만드는 법을 찾았다. 냉장고에 있던 호박, 당근, 양파, 버섯을 잘게 썰고 쌀도 불렸다. 이나에겐 이 다음부터가 난코스였다. 짧게 올라오는 화기는 그나마 견딜만해졌지만 오래 열기 앞에 있는 건 여전히 쉬운 일이 아니었다. 일단 냉동실에 살짝 얼려둔 고무장갑을 끼고 냉장고에 차게 식힌 마스크팩을 붙였지만, 서서히 올라오는 열기는 어쩔 수 없었다. 그래도 유튜브에서 시키는 대로 계속 볶았다. 조금 힘들다 싶을 땐 잠시 불을 껐다 다시 켜며 단순한 동작을 이어갔다. 냉동실에 있던 휴대용 얼음팩도 꺼내 얼굴에 댔다. 겨우 완성된 죽을 들고 시현의 방문을 두드렸다.

"이것 좀 먹어봐."

진한 참기름 향에 시현은 눈을 떴다. 참기름을 얼마나 부은 거야, 하는 생각에 흠칫 놀랐다. 시현이 가장 절망적인 건 이런 마음이었다. 자신을 위해서 뜨거운 시간을 견뎌낸 이나의 수고와 정성보다 그가 쓴 물건의 값을 헤아리게 되는 계산적인 생각. 아니, 모두가 좀 계산적이었으면 좋겠다. 명확하게 계약 관계를 지키고, 잘못한 사람이 책임을 지고, 쓴 만큼 내고, 낸 만큼 돌려받고. 계산적인 게 왜 나빠? 가당치 않은 계산서를 펄럭이며 이게 관례다, 이 바닥이 원래 이렇다, 세상 물정 모른다 같은 얼토당토않은 말을 지껄이는 인간들이 문제지! 속이 뒤틀렸다. 배배 꼬인 속은 고소한 향마저 느끼하게 만들었다. 시현 앞에 놓인 선한 얼굴도, 순한 음식도 마주할 자신이 없었다. 이나와 마주하면 못난 자신이 더 선명해질 것 같았다. 이나에게 어디서부터 어떻게 말해야 할지 감이 오지 않았다. 바다에 투신한 김 주임 이야기를 했을 때도 제대로 이해하지 못한 것 같았는데, 이 상황을 과연 잘 설명할 수 있을까? 자신이 없었다. 언제 쫓겨날지도 모른다는 이야기도, 그러면 이나가 미리 낸 월세를 돌려줘야 하는데 그걸 어떻게 마련할 수 있을지 막막하다는 말도, 사라진 돈 때문에 정신마저 물거품이 되어버렸다는 사실도, 도저히 꺼낼 자신이 없었다. 벽을 향해 조용히 돌아누웠다.

시현의 뒤통수를 보며 이나는 침대 옆 협탁에 죽을 올려두고 까치발로 조용히 나왔다. 책상 위에 있던 일기장을 들고. 이나에게 기록의 중요성을 말하며 보여줬던 그 노트였다. 처음부터 몰래 가지고 나올 생각은 없었다. 하지만 시현에게 무슨 일이 일어나고 있는지 궁금했다. 그 속을 들여다보고 위로해 주고 싶었다. 방으로 들어가 조용히 시현의 시간을 펼쳐보았다. 숫자들이 많았는데, 이나는 어떤 게 날짜고, 나이고, 돈인지 구분할 수 있었다. 몇 월 며칠에 이사를 왔고, 몇 년 뒤에 대출금을 갚고, 몇 살에 집을 사는 계획들이 나열되어 있었다. 그다음 장에는 '이제부터 새 출발'이라는 글자가 적혀 있었는데, '새 출발'에는 여러 줄의 밑줄과 함께 별 표시가 그려져 있었다. 그걸 쓰면서 희망에 부풀었을 시현의 얼굴을 떠올려 보았다. 이나는 문득 인간들의 재주에 놀랐다. 그저 똑같은 시간을 잘 쪼개서 새롭게 만들고, 그걸로 설렘을 채울 수 있다는 게 대단하다 싶었다. 할 수만 있다면 이나도 시현의 시간을 쪼개서 변화가 감지된 후를 도려내고, 지금부터 새 출발이라고 써넣고 싶었다.

시현의 새 출발은 이 집이었다. 첫 일기가 시작된 날은 이 집에 처음 이사 온 날이었다. 일기장을 산 날은 계약 잔금을 치른 날이었다. 이사한 첫날 시현은 너무 행복해서 잠이 안 왔다고 적혀 있었다. 이나는 거기서부터 조금 삐걱거렸다. 집을 사는 게 그렇게 기쁜 일인가? 하지만 시현이 그랬다면 그런 거라고 생각했다. 다만 그 이유가 궁금했다. 뒷장을 넘겨 보았다. 한동안 별다른 글씨는 없었다. 침대 매트릭스와 프레임, 커튼, 화분과 깻잎, 바질, 토마토 모종, 디퓨저, 테이블, 그릇, 컵, 스피커, LP, 미니오븐… 어디서 샀는지, 왜 샀는지, 누가 선물해 주었는지, 그걸로 무엇을 할 생각인지 같은 것들이 쓰여있었다. 중고 물건의 경우에는 짧은 에피소드

들이 덧붙여 있었다. 집 근처 공사장을 지나다 버려진 듯한 의자를 발견했는데 마음에 꼭 들어 인부에게 물어보고 가져왔다거나, 전 애인 차를 끌고 구매할 테이블을 가지러 갔는데 들어가지 않아 판매자가 하나하나 분리해 주었다던가 하는 얘기들. 조개껍데기처럼 둥글게 구부러진 눈을 하고 웃고 있을 시현이 그려졌다. 그런 시현을 바라보며 방긋거릴 이름 모를 사람들도. 글씨도 동글동글 웃고 있었다. 여러 장을 계속 더 넘겼다. 글씨체가 돌변하기 시작했다. 휘날리는 글자는 울고 있는 것 같았다. 문장도 그랬다. 속절없이 터져 나오는 비애를 온몸으로 쏟아내고 있었다.

집주인이 전화를 받지 않는다, 문자를 보내도 답이 없다. 씨발놈, 개새끼, 죽어라. 근데 그 새끼 카카오톡 프사는 평온하다. 해맑게 웃고 있는 사진을 업데이트했다. 니가 사는 집은 안전한가 보구나. 내 집은 경매로 넘어갔는데. 아니지, 니 집이지. 아니지, 니 돈 거의 안 들어간 내 집이지. 아 씨발… 세상이 다 엿같다.

씨발놈, 개새끼. 이나도 아는 말이었다. 하지만 시현에게서 직접 들어본 적은 없었다. 설마 시현이? 믿을 수 없었다. 글씨체도 이렇게 다르지 않은가. 전화를 안 받는 게 이렇게 화가 날 일인가 싶기도 했다. 하지만 무슨 이유가 있을지도 몰랐다. 다시 한번 일기장을 살폈다. 며칠 뒤에는 이런 내용이 있었다.

오늘도 전화를 받지 않는다. 문자로 욕을 한 바가지 썼다. '그렇게 사는 거 아니다. 돈도 없는 주제에 왜 집을 사냐, 내 돈 내놔라, 이 씨발 새끼야. 니가 살고 있는 집이나 팔아, 내 집 말고!!! 경매 중지해, 당장!! 아님 죽어. 니가 죽으면 알아서 중지될 테니까.' 못 보냈다. 혹시라도 기분 나쁘면 내 돈 안 줄까 봐. 그깟 돈 없어도 내 삶이 멀쩡하다면 욕을 한 바가지 해줄 텐데. 시원하게 주먹질하고 피떡이 된 얼굴을 향해 시원하게 맷값을 현금으로 뿌려줄 텐데. 그럴 수 없어서 공손하게 문자를 보냈다. 구구절절 거지 같다. 너무 싫다. 내가 제일 싫다.

이나는 잠시 헷갈렸다. 어디서 많이 들어본 이야기였다. 바다에 빠진 사람. 그게 설마 시현의 얘기인가. 심장이 쿵쾅거렸다. 시현의 일기장에 따르면 시현은 집에서도 쫓겨나고, 돈도 잃게 되었다. 왜 시현이 그렇게 다 죽어가는 얼굴을 하고 며칠째 앓아누웠는지 알 것 같았다. 몇 장 더 뒤로 넘겼다. 속지 사이에 꽂혀있는 부동산 명함과 꼬깃꼬깃 접은 종이가 보였다. 구겨진 종이를 펼쳐 손 다리미질을 했다. 부동산 경매 안내문이었다. 경매. 시현의 글씨가 물에 풀어놓은 잉크처럼 마구 흔들리고 흐트러진 건 경매라는 글자가 나타난 뒤부터인 것 같았다. 시현도 꼭 그 글씨처럼 흐느적거렸다. 당장이라도 무너질 것처럼. 어쩌면 이미 쓰러진 몸을 질질 끌며 기를 쓰고 있는 것인지도 몰랐다.

이나는 시현의 일기장에서 건진 조각들을 모아 하나씩 그림을 맞춰가기 시작했다.전세, 대출, 경매 따위로 시작한 단어는 깡통전세, 빌라왕, 갭투자 따위로 옮겨갔다. 끝이 없는 이야기들을 따라가면서 이나는 여러 번 멈칫했다. 애초에 집은 추위나 더위를 피하려고 만든 공간이라고 배웠는데, 왜 이렇게 복잡한지 이해할 수 없었다. 인어들 역시 쉴 곳과 잘 곳을 찾긴 했다. 인간들처럼 건물을 쌓아 올리진 않지만, 천적을 피하거나 긴장을 풀고 시간을 보낼 수 있는 곳이 필요할 때가 있었다. 좋은 정보를 서로서로 공유하기도 했다. 어느 바위 뒤편이 좋더라, 어느 지점 물살이 고요하고, 어느 곳이 덜 붐비더라, 하는 그런 것들. 어느 지역 학군이 좋은지, 어느 지역 집값이 오를 건지 같은 것들이 왜 중요한지 이해할 수 없었다. 특히, 천장에서 물이 뚝뚝 떨어지는 집에 인간이 산다는 말에 입을 다물 수 없었다. 게다가 그런 이상한 집이 점점 더 비싸졌다니. 인간 사회에 대해 꽤나 많이 알아가고 있다고 생각했는데, 그동안 배웠던 모든 것들이 전부 헛것이 되어버렸다. 바보가 된 기분이었다. 이나도 바다에선 나름 똑똑한 인어였다. 먹이도 잘 잡고, 위험에 빠진 친구도 잘 구했으며, 새로운 곳을 탐험하는 것도 좋아했다. 그런데 인간이라는 존재는 도무지 잡히지 않았다. 손끝에 닿을 듯 말 듯 하다 가까스로 손에 넣었는데, 손가락 사이로 빠져나간달까. 그런데 이상하게 자꾸 오기가 생겼다. 끝까지 알고 싶었다. 시현을 이해하고 싶었다.

유튜브에서 관련 영상을 찾기 시작했다. 너무 많아서 어떤 것부터 봐야 할지 엄두가 나지 않았다. 인어 이야기보다 훨씬 많았다. 영상 속에 나온 사람은 대부분 홀로 떠들었다. 목소리를 높이기도 하고 슬픈 표정을 짓기도 하면서. 이나는 밤새도록 관련 영상을 꼼꼼하게 봤다. 처음엔 도무지 무슨 말인지 알 수 없었던 내용들이 조금씩 연결되는 기분이 들었다. 멈추지 않고 계속 봤다. 그리고 며칠 뒤, 이나만의 그림을 완성했다. 하지만 여전히 이상했다. 아무런 잘못도 하지 않은 시현이 고통받아야 한다는 사실이. 그럼 이 집에 살고 있는 시현과 이나는 당장 어디로 가라는 소린가. 곧 빈털터리가 될지도 모르는데. 새 출발에 들떠 행복해했을 시현의 얼굴과 동글동글 웃고 있던 시현의 일기장 속 글씨들이 떠올랐다. 죽어 있는 것만 같은 요즘 시현의 표정도. 왜 시현이 그 좋아하던 밥을 자주 거르고 잘 먹지도 않던 멸치볶음에 소주만 들이키는지 알 것 같았다. 이나는 마음이 찌릿했다. 눈이 뜨거워지고 목구멍에 무언가가 차올랐다. 코끝도 시큰거렸다.

이나는 문득 인간이 만들어 낸 이야기 속 인어가 되고 싶어졌다. 인간의 기억을 지우는 능력으로 지금 시현이 겪는 고통을, 각인들을 전부 도려내고 싶었다. 집주인을 찾아 벌을 주고도 싶었다. 인간을 유혹하는 노래를 불러 바닷가로 유인한 다음 스스로 바다에 빠지게 하면 꽤나 통쾌할 것 같았다. 이나는 어두운 물속에서, 혼자, 어찌할 수 없는 거대한 힘에 짓눌려, 숨을 쉴 수도 없고, 자꾸만 가라앉는, 아무리 발버둥 쳐도 아무것도 할 수 없는 집주인을 상상했다. 한 번도 본 적 없는 얼굴엔 이나가 상상할 수 있는 가장 이상하고 험악한 모양을 그려 넣었다. 그 인간이 그런 기분을 느꼈으면 좋겠다고 생각했다. 그러면 시현이 느끼는 고통을 조금이라도 알까? 장담할 수 없었다. 무엇보다도 그런다 한들 이 상황을 해결할 순 없다. 그렇다면 이나는 다른 능력을 갖고 싶었다. 돈 버는 능력.

7

온통 검다. 꼼꼼하게 칠해놓은 사방에 빛 하나 허락되지 않는다. 아주 작은 그림자가 버둥거린다. 작고 하찮은 검은 실루엣의 몸부림이 점점 빨라진 다. 헉헉- 숨을 쉴 수 없다. 발버둥 칠수록 더 깊이 빠져드는 기분이다. 위로 올라가고 싶다. 이곳을 빠 져나가야 한다. 점점 더 숨이 조여온다. 더는 버틸 수가 없다.

시현이 거친 호흡을 뱉어내며 상체를 일으켰 다. 이마에 맺힌 땀을 닦아내며 생각했다. 도대체 며칠 째야. 숨이 조여오거나 앞이 보이지 않는 어둠 속에서 허우적댔다. 시현을 짓누르는 무력감과 찔 러대는 긴장감을 피해 도망쳐 나오면 온몸에 진이 쭉 빠졌다. 싫어하는 상사와 함께 대화를 나누며 빠 른 스피드로 마라톤을 하는 기분이랄까. 차라리 생 각 없이 달리기만 했다면 이 정도로 괴롭진 않았을 텐데. 정신까지 흠씬 두들겨 맞은 것 같았다. 현실 을 피해 잠으로 도망치면 만신창이가 되고 그렇다 고 꿈을 피해 현실에 서 있는 게 만만한 것도 아니었다.

"요즘 세상에 이렇게 정보도 많고 한데 왜들 그러는지 모르겠다 정말. 안 그러니?"

아빠 환갑 여행 때문에 엄마와 통화한 시현은 불쑥 한 대 맞은 기분이었다. 물론 엄마가 시현을 두고 그런 말을 한 건 아니었다. 엄마는 시현의 상황을 전혀 모르고 있었다. 다른 사람을 두고도 저렇게 말하는데 시현이 어떤 시간을 겪고 있는지 안다면 무슨 말이 튀어나올지 몰랐다. 대답 대신 시현은 침묵을 택했다. 엄마는 시현의 동조를 바랐다. 그게 자신의 의견을 향한 긍정이 아닐지라도 상관없었다. 그저 그들과 분명하게 다른 상황이라는 걸 명확히 보여주길 바랐다. 물론 시현은 그럴 수 없었다. 대신 하고 싶은 말들을 삼켰다. 이것저것 알아보지 않은 게 아니라고. 아무도 제대로 가르쳐 준 적이 없어서 혼자 열심히 찾아 공부했고, 긁어모은 정보들이 서로 부딪혀서 알쏭달쏭할 때마다 부지런히 더 알아보고 여기저기 물어도 봤다고. 하지만 현실은 조금씩 어긋나 있었고, 그 지점에 대해 질문을 던질 때마다 세상 물정 모르는 어린애라는 취급만 받았다고. 지금 시현은 그런 대꾸마저 할 힘이 없었다. 아무것도 하고 싶지 않았다. 그저 누가 와서 이렇게 해라, 하고 말해줬으면 싶었다. 모든 걸 다 알고 항상 맞는 선택만 하는 존재가 있었으면 좋겠다고, 그런 신이 있다면 평생 온 마음을 다해 충성할 거라고 생각했다. 그리고 중얼거렸다. 결국 난 멍청하고 나약한 한 인간인가. 꿈마저 이러면 난 대체 어디로 숨어들어야 할까. 사라지고 싶다. 어디로든. 감각할 수 없는 곳으로. 하지만 살아 있다면 일어나야 했다.

시현의 세계는 이렇게 덜컹대는데 세상은 달라진 게 없었다. 여전히 출근하고 점심시간을 기다렸다. 시현은 차갑게 식어버린 죽을 탕비실 전자레인지에 돌렸다. 연한 불빛을 내며 빙글빙글 돌아가는 죽그릇을 보니 문득 부러웠다. 시현도 회전판에 몸을 맡기고 싶었다. 그저 빙글빙글 제자리를 돌면 어떠한가. 아무런 힘을 쓰지 않고 그냥 서 있기만 하면 되는데. 아니, 서 있을 힘도 없다. 팅— 쓸데없이 경쾌한 종료음과 함께 회전판이 멈추고 불이 꺼졌다. 따뜻해진 죽그릇을 들고 휴게실로 향했다.

죽을 본 수영은 어디 아픈 거냐며 제 도시락 뚜껑을
열었다.

"직접 한 거야?"

"하우스 메이트가."

"이번엔 합격인가 보네. 별로 투덜대지도 않고."

시현은 어색한 미소만 보였지만 이런저런 채
소 조각을 품은 새하얀 밥알들을 입에 넣으며 이나
를 떠올렸다. 이걸 볶느라 애썼을 생각을 하니 마음
이 쓰였다. 냉동실 칸에 크기별로 켜켜이 넣어둔 얼
음팩은 아직 충분한지도 궁금했다. 여전히 진한 참
기름 향이 입 안에 퍼졌지만, 시현은 입이 썼다. 죽
한 숟가락에 물 한 모금씩 들이키며 생각했다. 이나
에게도 말하긴 해야 할 텐데. 차마 입이 떨어지지
않았다. 당장 집을 구하는 거야 어렵지 않겠지만,
새로운 사람을 만나 서로 적응하는 게 꽤 힘이 들지
않을까 걱정도 됐다. 미리 받은 월세를 생각하면 한
달 반만 더 버틸 수 있었으면 좋겠다 싶었다.

위이이잉- 위이이잉-

낯설지만 익숙한 목소리가 흘러나왔다. 친절
하게 전세 대출금 만기 시점을 안내해 주었다. 시현

은 혹시라도 앞에 앉은 수영에게 대출, 전세, 만기 따위의 단어가 새어나갈까 조마조마하며 통화 볼륨을 줄이고는 네네, 라는 단답만 웅얼거렸다. 짧은 통화였지만 기운이 쭉 빠졌다. 이미 알고 있던 내용이었지만 갑갑했다. 시현의 계획은 집주인한테 돌려받은 보증금으로 상환하는 것이었다. 그런데 지금 경매가 걸린 집은 미래가 불투명했다. 아무리 시현이 동동거린다 한들 아무것도 할 수 없는 상황이었다. 죽 마저 목에 걸릴 지경이었다. 차갑게 식어버린 죽을 쓰레기통에 버리고 비상계단으로 걸음을 옮겼다. 회사 사람들이 자주 다니지 않는 층으로 올라가서는 계단 하나에 쪼그려 앉았다. 그대로 울고 싶었다. 하지만 운다고 해결될 게 없지 않은가. 시현은 크게 심호흡을 한 뒤 주머니에서 구겨 넣었던 종이를 꺼냈다. 현관 앞에 굴러다녔던 전단지였다.

"저… 무료 법률 상담해 주신다고…."

시현은 용기 내어 자신의 상황을 설명했다. '사기'라는 말을 내뱉을 때는 속에서 뜨거운 게 울컥하고 올라왔다. 억울했다. 낯설고도 익숙한 목소리는 원하는 게 무엇이냐고 물었다. 시현은 곰곰이 생각했다. 시현이 바보라서, 멍청해서 당한 게 아니라 잘못한 게 아니라고 말해주길 바랐다. 그게 누구라도 상관없었다. 가능하다면 그 누구도 시현을 비난하거나 비웃지 않기를 바랐다. 엄마도, 아빠도, 이나도, 수영도. 그리고 무엇보다 돈을 돌려받고 싶었다. 누군가의 돈을 뺏어오거나 맡겼던 돈에서 더 불어난 금액을 바라는 게 아니었다. 그저 냈던 만큼의 내 돈을 받고 싶을 뿐이었다. 시현의 머뭇거림을 느꼈는지 변호사는 상대를 고소할 것인지, 구제 받을 수 있는 방법 전반을 알고 싶은지 좀 더 구체적으로 말을 해야 상담이 가능하다고 말했다. 당연히 둘 다 하고 싶었다. 수화기 너머의 목소리가 상냥하게 비용을 안내해 주었다. 기가 막혔다. 시현은 대답 없이 바로 전화를 끊어버렸다. 무료라더니⋯ 또 한번 사기를 당한 기분이었다. 세상에 적힌 모든 글귀와 말들이 전부 거짓 같았다.

현관문 앞에서는 여전히 무료 법률 전단지와 스티커가 나뒹굴었다. 시현은 그것들을 신경질적으로 찢어 손에 쥔 채 도어락을 열었다. 버튼을 누르려는 손가락이 멈칫했다. 익숙했던 문이 낯설게 느껴졌다. 시현만의 공간으로 안내해 주던 행복의 문이 사라졌다. 이 문을 열면 나락으로 떨어지는 길이 펼쳐질 것만 같았다. 하지만 갈 곳이 없었다. 지옥길이라도 시현이 갈 수 있는 길은 이곳뿐이었다. 숫자판 위에 올린 손가락을 내리고 초인종을 눌렀다. 그래도 이나가 있으니까. 이나가 문을 열어주면 그나마 덜 무서울 것 같았다. 이나한테 사실대로 털어놔야지. 이나라면 아무런 판단 없이 내 얘길 들어줄 거야. 어쩌면 내가 원하는 얘길 해줄지 몰라. 나는 잘못이 없다고. 시현이 이런저런 생각을 하는 동안 집에선 아무런 기척도 들리지 않았다. 보청기를 빼두었나. 요즘엔 제법 익숙해진 것 같았는데. 다시 한번 길게 초인종을 눌렀지만 소용없었다. 이번엔 휴대폰을 꺼냈다. 신호가 갔지만, 받지 않았다. 뭐지? 주저했던 손에 속도가 붙었다. 띠띠띠띠 빠르게 버튼을 눌렀다.

현관문을 열자마자 시현은 이나 방으로 돌진했다. 형식적으로 노크를 했지만, 기척을 기다릴 생각은 없었다. 방 안은 변한게 없었지만, 이나는 없었다. 가지런히 묶여 있는 암막 커튼을 보니 낮 시간부터 집을 비운 것 같았다. 연락 없이 시현의 퇴근 시간까지 외출한 적은 없었다. 혹시 무슨 일이 생긴 건 아닌지 불안한 마음에 전화를 계속 걸어봤지만, 받지 않았다. 하아- 시현은 이나가 걱정되면서도 차라리 바다로 돌아갔으면 좋겠다는 생각도 들었다. 아무리 살기 힘들다 한들 시현이 서 있는 여기보다 나을 것 같았다. 혹시 이별의 메시지를 남긴 건 아닐까 이나의 방을 둘러보았지만, 별다른 건 없었다. 여전히 살림살이는 단출했다. 진짜 물거품처럼 사라졌다. 인사도 제대로 못 했는데. 마지막으로 눈을 맞추고 대화를 나눈 게 언제였지, 너무 불편하게 만들어서 떠난 걸까, 심은수한테 물어봐야 하나 시현의 마음에 정신없이 폭우가 휘몰아쳤다.

바깥에서도 소란이 일었다. 구급차 소리, 다급하게 움직이는 소리, 울음소리가 뒤엉켰다. 이상하게도 아주 가까이에서. 현관문을 열고 복도로 나가보았다. 구급대원들이 다급하게 정원의 집으로 들어가고 있었다. 평소 같았으면 바로 닫았겠지만, 그럴 수 없었다. 그 집은 빌라에서 시현이 유일하게 숫자가 아닌 이름으로 기억하는 집이었다. 왕래가 잦은 건 아니었지만, 종종 눈인사를 하고 부득이한 경우 택배를 맡아주고, 1인분이 배달되지 않는 음식을 같이 주문해 나눠 먹을 정도는 되는 사이였다. 둘을 이웃으로 엮어준 건 나비였다. 정원이 키우는 작은 고양이. 비대면으로 배달 완료된 음식을 받기 위해 정원이 현관문을 열었을 때, 나비가 튀어 나가 버렸다. 엘리베이터에서 내린 시현은 갑자기 날아드는 나비에 깜짝 놀랐다. 놀란 건 정원도 마찬가지였다. 반려동물의 돌발행동에, 낯선 이에게 끼친 무례에 당황했지만, 일단 나비를 잡는 게 급선무였다. 더 멀리 도망가기 전에 사태를 수습해야 했다.

"엘리베이터 좀 잡아주세요!!"

다급한 정원의 목소리에 시현은 놀란 정신을 간신히 잡고 재빨리 엘리베이터 버튼을 눌렀다. 그사이 정원은 후다닥 달려와 나비를 품에 안았다. 그리고 시현과 함께 주문한 로제 떡볶이를 나누어 먹었다. 그날따라 너무 먹고 싶었던 메뉴는 하필 최소 주문 양이 2인분이었다는 것과 직장을 관두고 진짜 하고 싶었던 일을 하려고 준비 중이라는 걸 그때

들었다. 진짜 하고 싶었던 일이 영화 쪽이라는 것과 월세를 아끼고 작업실 겸 사용하려고 차도 팔고 전 재산을 탈탈 털어 전세 보증금을 마련해 들어왔다는 것은 조금 나중에 알았다. 딱 그 정도가 정원에 대해 아는 전부였다. 게다가 이나가 들어오고 나서는 딱히 만날 일이 없었다. 그래도 너무 무심했나. 괜스레 미안함이 밀려왔다. 들것에 실린 정원이 현관문을 빠져나왔다. 저 현관문에도 붙어 있던 경매 안내문을 보고 안도했던가. 그랬던 것 같았다. 나비가 튀어나왔다. 죄책감이 몰려왔다. 손끝에 만져지는 나비가 니야옹- 울었다. 시현은 부드럽고 따스한 털을 쓸어내렸다. 몇 번 봐서인지 이상하게도 나비가 시현을 따라 들어왔다. 차마 내보낼 수 없었다. 정원도, 이나도 그날 끝내 돌아오지 않았다.

"이나가 사라졌어요. 연락이 안 돼요."

잔뜩 물기가 묻은 목소리로 시현이 물었다. 지금 이 순간 전화할 수 있는 사람은 은수밖에 없었다. 이 세상에 이나의 존재를 공유할 수 있는 유일한 사람이었으니까.

"바다로 다시 돌아간 걸까요?"

"무슨 일이 있었나요? 아니면 이곳을 떠난 거라고 생각한 이유가 있어요?"

시현의 질문에 은수는 질문으로 응했다. 왠지 모르게 날이 선 반응에 시현은 방금까지 세상에서 가장 친밀하다고 느꼈던 은수에게 한없는 이질감을 느꼈다. 아무래도 유튜브 사건 이후로 자신을 경계하는 거라고 시현은 생각했다.

"그 바닷물 병이 그대로 있었어요. 그건 항상 가지고 다녔거든요."

"정말 이나 씨에 대해서 꽤 많이 알고 있네요. 근데… 이나 씨를 찾는 이유가 뭐죠? 월세도 미리 다 받았잖아요."

은수의 질문에 시현은 잠시 멈칫했다.

"… 줄 게 남아서요."

"받을 게 아니고요?"

시현의 손이 떨렸다.

바람에서는 진한 초록 향이 느껴졌다. 모든 생명이 힘껏 자라는 내음이었다. 하지만 시현 주변에는 무겁게 짓누르는 축축하고 찐득한 기운만 맴

돌 뿐이었다. 정원은 병원 이송 중 사망했다. 정확한 사망 경위를 조사하고 있지만, 타살의 흔적이 보이지 않아 자살로 추정하고 있다고 했다. 정원을 전세 사기 피해자 A씨로 지칭하고 있는 기사에서 시현이 얻어낸 정보였다. 그 내용은 시현이 살고 있는 빌라 전세 사기 피해자 단톡방에도 공유되었다. 삼가 고인의 명복을 빈다는 말들을 보며 시현은 정원을 떠올렸다. 지금은 잘 지내고 있을까? 살아남기 위해 바둥거릴 때보다 모든 걸 놓아버린 지금이 더 편하겠지?

여전히 바둥대는 시현은 경매로 넘어간 집에서 매일 마음을 졸였다. 계약기간은 거의 끝나가고 있었지만, 새로운 집을 알아볼 엄두가 나지 않았다. 이 집을 벗어나는 순간 시현의 보증금은 물거품처럼 사라질 게 뻔했다. 겨우 어렵게 연락이 닿은 집주인의 한마디는 시현을 더 분노하게 했다. 참을 수 없는 건 그 노여움 끝에 맺히는 불안감이었다. 순수한 화는 휘발되면 산뜻하게 끝나지만, 초조함으로 얼룩진 감정은 계속 허우적대야 했다. 그게 약자의 숙명이었다.

"아우, 나한테 왜 이래 증말. 나 돈이 없어. 개인파산 신청했다니까."

"그럼 제 보증금은요?"

"경매 낙찰되면 새 주인이 주겠죠. 뭐가 걱정이에요."

시현은 귀가 찢어질 만큼 고래고래 외치고 싶었지만, 차마 소리가 입 밖으로 나오지 않았다. 기가 차서 얼어버렸다. 수화기 너머 있는 인간에게 입을 벌리고 소리를 내뱉고 열을 올리는 것조차 사치스럽게 느껴졌다. 할 말이 없다는 건 진짜 하고 싶은 말이 없는 게 아니라 너따위한테 말할 가치가 없다는 뜻임을 새삼 느꼈다. 어차피 해 봤자 튕겨져 나올 게 너무도 뻔한 말들, 그래서 결국 시현에게 돌아와 박혀버릴 말들을 굳이 던지고 싶지 않았다. 그럴 힘도 없었다.

"아니면 그냥 선생님이 사세요. 그럼 되겠네. 조금만 더 내면 될걸요."

잠시 난 틈을 비집고 던진 집주인의 말을 듣고 시현은 생각했다. 저 인간은 인간이 아닐지도 모른다고. 이나처럼 시현이 모르는 저 먼 곳에서 왔을 거라고. 그래서 이 세계에 표류하고 있는 것일지도. 아니다. 그건 외계 생물에게 미안할 일이었다. 집주인은 빌런이었다. 그 이상도, 그 이하도 아니었다. 함부로 그 수식어를 갖다 붙이기엔 그 단어와 관련된 존재에게 미안했다.

시간이 지나도 새 주인이 나타났다는 소식은 들리지 않았다. 초조한 마음으로 시현은 점점 집에 틀어박혀 있었다. 그럴수록 집안으로 환하게 들어왔던 빛은 거슬릴 정도로 무거웠고, 베란다를 뒹구는 거무튀튀한 잎들은 보기만 해도 거추장스러웠다. 어느 하나 마음에 드는 구석이 없었다. 이러니 아무도 원하는 사람이 없는 게 아닌가 싶었다. 첫사랑 같던 집은 이렇게 확 바래 버렸는데, 시현이 갚아야 할 대출금은 그대로였다. 그나마 가지고 있던 주식도 이미 마이너스를 찍은 지 오래였다. 현금 바인더에 넣는 매일 예산을 바짝 줄였다. 아침은 웬만하면 거르고, 저녁은 퇴근 전에 회사 탕비실에 있는 간식으로 대강 떼웠다. 점심 도시락은 폐점 시간쯤 마트에 가서 유통기한 임박 상품을 활용했다. 할인해도 만원이 훌쩍 넘는 생선 초밥 코너는 아예 거들

떠보지도 않았다. 혹시 유부초밥은 좀 다르지 않을까 해서 슬쩍 가격을 확인했다. 5개가 묶인 한 팩이 7500원이었다. 연어와 참치, 계란 같은 토핑이 올라가긴 했지만, 한 개로 한 끼를 해결할 수 있을까? 만약 그게 가능하다면 1끼에 1500원인 셈이니 나쁘지 않았다. 하지만 만약 그게 아니라면? 일단 카트에 넣고 다른 걸 둘러보았다. 샐러드와 튀김류, 샌드위치 전부 한 끼 당 1500원이 넘을 가격이었다. 카트를 밀며 울컥했다. 뛰어나진 않아도 열심히 살았다 자부한 삶이었다. 그런데 고작 몇천 원 때문에 이렇게 마트를 뱅뱅 돌다니. 누구는 시간이 돈이라는데, 시현의 시간은 겨우 몇천 원 할인받기 위해 이렇게 마트 바닥에 마구 버려지고 있었다. 하지만 시현에겐 갚아야 할 빚이 있었다. 30% 할인 스티커 위에 50%, 60%가 덤으로 붙을 때까지 몇 바퀴를 더 돌다 고심 끝에 가장 가성비 높은 것들로 골라 담았다.

　문제는 나비의 식량이었다. 고양이에 대해 전혀 모르는 시현이었지만, 그렇다고 집으로 들어온 생명을 내칠 수도 없는 노릇이었다. 애초에 왜 내

쫓지 못했을까 싶다가도 정원과 이나를 떠올리면 눈물부터 차올랐다. 함께 지내던 동거인의 빈 자리가 얼마나 클까, 내가 잘 보듬어 줘야지 싶었다. 문제는 역시 돈이었다. 시현은 나비를 정말 잘 돌보고 싶었지만, 마음만으로 되는 일이 아니었다. 기르고 보살피기 위해서는 많은 노력과 시간, 돈이 필요했고, 노력과 시간 역시 넉넉한 돈이 필수 조건이었다. 다행히 반려묘가 있는 수영에게 얻은 팁으로 최소한의 살림살이를 마련했다. 고양이 화장실과 모래, 사료를 구매했다. 나비의 먹이를 위해 시현의 식량을 구매할 예산은 점점 줄어갔다. 아르바이트를 하나 더 구하기로 했다.

고깃집에서 주말 홀서빙 알바를 시작했다. 이십 대 때 수많은 식당에서 쌓은 경력이 있었기에 크게 걱정은 없었다. 주말만 근무 가능한 일자리가 거기뿐이었다. 홀은 정신 없이 돌아갔다. 주문을 받고 손님상을 세팅하고 화로를 옮기고 고기와 술을 날랐다. 다 먹은 자리는 빠르게 치워내야 했다. 조금이라도 굼뜬 모습을 보면 사장의 빨리빨리 소리가 매섭게 떨어졌다. 사장은 뭐든 꼼꼼하고 깨끗하게 하는 것보단, 신속하고 정확하게 하길 원했다. 하지만 시간이 지날수록 시현의 행동은 굼떠졌다. 그래도 식당인데 혹시나 하는 마음에 저녁을 기대했지만, 밥은커녕 간식조차 먹을 기회가 없었다. 지글지글 구워지는 고소한 향에 위는 더욱 쪼그라들었다. 쟁반을 나르며 애꿎은 물만 계속 삼키다 보니 속이 점점 메스꺼워졌다. 고기 냄새도 역하게 올라왔다. 바깥으로 뛰쳐나갔다. 먹은 게 별로 없어서인지 신물만 계속 올라왔다. 겨우 진정하고 식당으로 들어가 빠져나간 손님상을 치웠다. 불판에 고기 몇 점이 남아 있었다. 여전히 윤기가 흘렀고, 탄 곳 없이 적당한 온기를 품고 있어 보였다. 속을 한 차례 게워내서 그런지 군침이 돌았다. 불판에 올려져 있는 거면 아무도 손대지 않은 게 아닐까? 어차피 버릴 건데 먹어도 되는 거 아닌가? 빠르게 입에 집어넣으면 아무도 눈치채지 못하지 않을까? 판단 보다 행동이 빨랐다. 불판을 치우는 척하면서 재빠르게 고기 한 점을 집어 입에 쏙 넣고 태연하게 상을 치웠다. 살점에서 나오는 육즙이 달콤했다. 빨리 씹고 또 한 점을 채워 넣고 싶은 욕망과 혹시 티가 날지

모르니 천천히 씹어 삼켜야 한다는 조바심 사이를
전전긍긍 오갔다. 그때였다. 누군가 시현의 이름을
부른 건.

"시현아, 어머, 너 맞구나. 너 여기서 뭐해?"

수영이었다. 당장 앞치마를 먼저 벗어 던져야
할지, 입 안에 있는 고기를 먼저 뱉어내야 할지 고
민했지만, 시현은 아무것도 하지 못했다. 고기를 꿀
꺽 삼킨 채 손바닥을 앞치마에 슥슥 문질렀다. 수영
의 시선이 시현의 앞치마에 꽂혔다.

"나 유튜브 하잖아. 현생 라이프에 이어서 알
바 후기 해보려고."

"아 진짜? 촬영은 누가 해?"

"그게 오늘이 첫날이라… 좀 익숙해진 다음에
하려고. 나도 이런 알바는 또 오랜만이고 해서."

수영과의 대화가 길어지자 사장이 또다시 빨
리빨리를 외쳤다. 따갑게 느껴졌던 그 네 글자가 구
원자처럼 반가웠다. 빠르게 상을 훔치며 시현은 생
각했다. 마주친 사람이 그나마 수영이라서 다행이
라고.

시현의 예상은 틀렸다. 회사에는 시현의 알바

와 유튜브 채널이 퍼져나갔다. 수영은 자기가 이참에 유튜브 홍보를 했다며 뿌듯한 표정을 지어 보였다. 과장은 시현에게 그렇게 악착같이 버니 곧 부자 되겠다는 말을 남겼고, 대리는 구독, 좋아요를 눌렀다면서 인증을 해 보였다. 토요일 새벽 1시, 일요일 자정까지 온몸을 피곤하게 움직인 게 천만다행이었다. 그들에게 대꾸할 여력조차 없었으니까. 한 달을 채우고 식당은 그만두었다. 언제 고깃집 알바 후기가 올라오냐는 수영과 회사 사람들의 등쌀을 생각하면 좀 더 버티다 영상 하나 정도를 찍어야 하는 건 아닐까 싶기도 했지만, 그러다간 몸이 더 이상 버틸 수 없을 것만 같았다. 가만히 누워서 집주인을 잘근잘근 씹고 찢어 버리는 상상을 하지 않아도 된다는 점은 좋았지만, 대신 시현의 몸이 그대로 부서져 버릴 것 같았다. 주말 내내 누워서 잠만 자느라 끼니도 채우지 못하고, 식당에 출근하면 허기가 몰려와서 자꾸만 식은 불판에 눈길이 가는 자신을 보는 것도 괴로웠다. 시현은 알바비로 받은 돈을 가지고 집 근처 고깃집으로 향했다. 마트로 향할까도 잠시 고민했지만, 그날 하루만큼은 시현 자신을 위해

넉넉해지고 싶었다. 고기 2인분을 주문했다. 김치
와 양파, 마늘, 버섯도 잔뜩 올려 지글지글 구웠다.
실컷 먹고 남은 음식들은 집에서 가져온 용기에 차
곡차곡 넣었지만, 시현은 한동안 그 잔반에 손을 대
지 못했다. 그날 이후 며칠 동안 배앓이를 해야 했
기 때문이다.

더 이상 노동력을 팔기 힘들어진 시현은 집에
있는 물건을 내다 팔기로 했다. 집 안을 한 번씩 뒤
집어 엎었다. 하루는 옷장의 옷과 가방을, 다른 날
은 책장의 책을, 또 하루는 서랍에 뒹구는 문구류
를. 전부 꺼내서 잘 쓰지 않지만 쓸만한 것들을 빼
냈다. 하나씩 사진을 찍어 중고 거래 플랫폼에 올리
고 나면 시간이 잘도 갔다. 가끔 취향에 맞지 않거
나 비슷한 종류가 너무 많은 선물들도 찍어 올렸다.
무난한 브랜드 립글로즈나 핸드크림, 상품권 따위
는 금방금방 팔렸다. 그렇게 손에 쥐는 현금만이 시
현의 유일한 위로였다. 거래는 주로 점심시간에 이
루어졌다.

"점심 안 먹고 또 어딜 가? 또 파트타임 알바
찍게?"

처음엔 서운함이 짙게 뱄던 수영의 질문은 점점 궁금증으로 차올랐다. 그런 미세한 차이를 느낄 여력이 없는 시현은 그저 배가 안 고프다는 말로 얼버무렸다. 시현의 관심은 오직 하나. 애써 힘주어 눌러도 자꾸만 수면 위로 튀어 오르는 불안과의 사투에서 살아남는 것이었다. 점점 피부가 거칠어지고 눈이 움푹 패여갔다.

제법 열기가 누그러진 공기를 뚫고 시현은 사무실을 나섰다. 시현의 손에는 에스프레소 잔과 컵받침 세트가 들어간 쇼핑백이 들려 있었다. 처음 전셋집으로 이사 와서 한참 집 꾸미는데 재미 붙였을 때쯤 산 커피잔이었다. 마음에 쏙 들었지만, 막상 에스프레소를 즐기지 않는 시현에겐 딱히 쓸모가 없었다. 그래도 예쁘니까 가끔 아메리카노를 나누어 마시곤 했다. 그 잔에 마시는 커피는 유독 맛있었다. 거래는 빠르게 이루어졌다. 회사 근처로 약속 장소를 잡았기에 멀리 갈 것도 없었다. 시현은 터벅터벅 걸음을 옮겼다. 점심시간이 꽤 남았는데 벌써 회사로 가고 싶지는 않았고, 그렇다고 갈 곳도 딱히 없었다. 그때 누군가가 시현의 팔을 잡았다. 수영이었다.

"내 이럴 줄 알았어. 너 다이어트 해? 아니면 진짜 어려운 거야?"

"그런 거 아냐. 그냥 좀 미니멀하게 살아보려고."

"두 번만 미니멀하다 사람 죽겠다. 거울은 보고 사니?"

"아우 됐어. 다 귀찮아."

"내가 먹고 싶어서 그래. 그 항아리 수제비. 2인분부터 되잖아. 가 줘, 같이. 너도 좋아했잖아."

수영을 말을 들으니 오랜만에 허기가 느껴지는 것 같기도 했다. 게다가 주머니엔 방금 생긴 현금도 조금 있었다. 수영의 말대로 그 집 수제비를 시현이 좋아했던 것 같았다. 그런데 이상하게 그 맛이 생각이 나지 않았다. 수영에 끌려 식당에 들어갔다. 들깨 수제비 2인분이 항아리에 듬뿍 담겨 나왔다.

"언니가 쏘는 거니까 많이 먹어. 해물파전도 주문했어."

"그걸 어떻게 다 먹어."

"야, 우리 원래 그 정도는 먹었거든. 그리고 남

으면 싸가면 되지."

시현은 수영과 시답지 않은 이야기를 하며 국물을 떴다. 생각해 보니 국물 요리는 오랜만이었다. 배를 채운 온기가 온몸에 퍼져나가는 것 같았다. 먹다 보니 한 그릇을 다 비웠다. 반쯤 남은 해물파전은 포장 용기에 넣어 가지고 나왔다. 저녁 끼니가 해결됐다는 생각에 마음이 여유로워졌다. 여기 있는 해물을 떼어 나비에게 먹여도 문제가 없는지 찾아봐야겠다고 생각했다. 어깨가 조금 펴지고, 땅만 바라보던 시선이 조금 올라왔다. 그제야 거리가 눈에 들어왔다. 가을이었다.

파랗게 물들었던 나뭇잎들은 점점 초록을 빼앗기고 수분을 잃어갔다. 붉어지고 누래진 잎들을 보며 사람들은 저마다 예쁘다고 휴대폰을 들이댔다. 심지어는 나무에서 낙하한 이파리들을 보고도 아름답다고 했다. 수영도 시현의 팔꿈치를 툭치며 휴대폰을 건넸다. 시현은 노랗게 물든 은행나무 아래 선 수영을 향해 휴대폰을 들이밀었다. 렌즈 안으로 들어오는 수영이 아니라 그가 밟고 있는 낙엽에 자꾸만 시선이 갔다. 아직 숨이 붙어 있을 것만 같아서, 떨어졌지만 그래도 아직 끝이 아닌 것만 같아서. 시현은 밟고 있던 낙엽에서 발을 뗐다. 하지만 중심을 잡고 서기 위해선 다른 낙엽을 밟아야 했다. 어느 것도 밟고 싶지 않았다. 쓰러지고 싶지도 않았다. 하지만 견딜 자신도 없었다. 집주인 없는 집에서 언제까지 버텨야 할지, 대체 보증금은 어디에서 받아야 하며 다음 집은 어디로 가야 할지 한 치 앞을 모르는 이 상황을 끝내고 싶었다. 시현은 휴대폰을 낙엽처럼 바닥에 내동댕이치고 싶은 충동이 일었다. 하지만 크게 숨으로 토해냈다. 문득 자신이 내뱉은 바람이 나뭇잎을 전부 떨어뜨렸으면 좋겠다는 생각이 들었다. 그렇게 겨울이 오면, 시간을 빨리 당기면 지금 겪는 감정들도 순식간에 흘러버리지 않을까.

시간은 더디게 흘렀다. 시현이 빠른 속도를 원할수록 느리게, 초침은 시현의 모든 감각에 발자국을 선명하게 남겼다. 그럴 때마다 시현은 시간이 흐르는 게 아니라 촘촘히 쌓이는 게 아닐까, 그래서 결국 그 시간에 잠식당해 죽는 건 아닐까, 생각했다. 경매에 내놓은 시현의 집도 느린 시간 속에 빠져버린 것만 같았다. 그래서 그 누구도 발견하지 못하는 게 분명했다. 이 집에 붙은 얼룩을 깨끗하게 지우면 살 사람이 나타날 것만 같았다. 방바닥에 널브러져 있던 시현은 갑자기 거실로 나가 청소기를 돌리기 시작했다.

8

시현은 침대 협탁 위에 있는 비닐봉지를 다시 펼쳐보았다. 진주와 비취옥 팔찌, 노리개와 가락지까지. 원석과 옛날 액세서리가 뒤섞여 있었다. 비릿한 향이 났다. 이나가 왔다 간 게 분명했다. 근데 이런 걸 대체 어디서 난 걸까? 써도 되는 걸까? 여러 생각이 교차했지만, 굳이 시현의 방에 놓고 사라진 걸 보면 시현에게 주고 떠난 게 분명했다. 그렇다고 믿고 싶었다. 혹시 이나가 실수로 두고 나갈 가능성에 대해서도 생각해 보았지만, 희박했다. 목적을 가지고 시현에게 전달한 게 분명했다. 잘은 모르겠지만 이 정도면 대출금과 이자를 전부 갚고 채무불이행, 지급명령, 압류, 추심예정, 연체 금액 따위의 무시무시한 단어들에서 완전히 벗어날 수 있을 것 같았다. 시현은 나비를 향해 속삭였다.

"이건 이나가 주고 간 선물이야. 그치? 혹시 만에 하나 그게 아니더라도 나중에 갚으면 되잖아. 일단은 살고 봐야지. 너도, 나도. 이거면 우리 둘 다 배부르고 등 따습게 살 수 있어. 그걸 이나도 원할 거야. 그치? 너도 그렇게 생각하지?"

자리에서 일어난 시현은 옷장 서랍을 뒤졌다. 지난겨울 가끔 착용했던 모직 장갑을 꺼냈다. 다른 서랍을 뒤져서 자주 쓰지 않았던 손수건들을 전부 꺼내서 만져봤다. 생각보다 얇거나 너무 작아 마음에 들지 않았다. 서랍을 다시 열어 구석구석 살펴보니 잔뜩 구겨진 채 모퉁이에 박혀 있는 소창 수건이 보였다. 양 끄트머리를 잡고 쫙쫙 늘여준 뒤, 두 번 곱게 접었다. 표면이 제법 부드러운 데다 도톰하고 널찍해서 만족스러웠다. 그제야 방금 전에 꺼내두었던 장갑 한 짝씩을 끼고 비닐봉지를 조심스럽게 열었다. 하나씩 꺼내 여전히 구김살이 남은 수건 위에 물건들을 올렸다. 일단 진주부터. 손바닥에 올려서 보려다 진주 높이에 맞춰 몸을 낮췄다.

색은 전체적으로 화이트 계열이었지만 미세하게 달랐다. 약간 노란 기운이 도는 것도 있었고, 푸른빛이 감도는 것도 있었다. 아예 핑크빛을 띠거나 짙은 회색에 가까운 색도 있었다. 각각 한 가지 색이었지만, 저마다 둥글게 구부러지는 곡선 위로 빛을 만들어 냈다. 그 영롱함을 중심으로 퍼진 음영을 따라 다른 색이 오묘하게 섞여 있었다. 그대로 시현의 얼굴이 비칠 것만 같았다. 색이 다양한 것에 비해 모양이나 크기는 미세하게 달라도 커다란 차이는 없었다. 약 12mm 정도의 크기에 모양은 구형에 가까웠다. 제법 넓은 면적으로 초록 비취옥 장식이 박힌 은팔찌도 있었다. 노란 호박 장식 가락지와 박물관에 있을 법한 노리개와 비녀도 있었다. 시현은 액세서리를 구매할 때 받았던 부드러운 천을 찾아 진주와 팔찌, 가락지 따위를 각각 감싸서 작은 상자에 넣은 뒤 장갑을 벗었다.

시현은 상대적으로 매매가 쉬워 보이는 진주에 대한 정보를 먼저 알아보기 시작했다. 진주의 종류와 등급, 취급처, 감정받을 수 있는 장소, 시세 같은 것들을. 어쩌면 시현 앞에 놓인 불을 끌 수 있을지도 몰랐다. 그건 이나가 원하는 일일지도 몰랐다. 다음 날, 눈을 뜨자마자 진주를 꺼내 봤다. 여전히 있는 걸 보면 꿈이 아니었다. 다시 누워 생각을 정리했다. 퇴근하고 보석 감정소를 가면 문이 닫혀 있을 테고, 점심시간에 다녀오자니 너무 시간이 촉박했다. 에라, 모르겠다. 아프다고 둘러대며 연차를 쓰기로 했다. 회사 생활 중 단 한 번인데 봐주지 않을까, 그렇지 않는다고 해도 어쩔 수 없었다. 아픈 것도 사실이었으니까. 진주를 생각하니 몸이 조금은 가벼워진 느낌이었지만. 서둘러 집을 나섰다. 진주가 잘 있는지 계속 확인하고 싶었지만, 진주 표면에 혹시라도 상처가 나지 않을까 걱정되었다. 꽉 쥐지도 못한 채 슬쩍 주먹을 말아 쥔 상태로 걸음을 옮겼다.

"이건 천연 진준데…."

시현은 보석 감정사의 말에 고개를 끄덕였다. 이나가 구해온 진주라면 천연이 확실했다. 조금 마음이 놓였다. 어차피 여러 군데 돌아볼 참이었지만 그래도 거짓으로 우기는 사람들을 보면 괴로우니까. 오히려 거슬리는 건 그다음 말이었다.

"그런데 이거 어디서 났어요?"

"네? 그게 왜?"

"아니, 젊은 아가씨가 천연 진주가 어디서 났나 좀 궁금해서…."

"선물 받았어요."

"반지나 귀걸이, 목걸이도 아니고 원석을?"

"제가 원석을 좋아해요. 가공 안 된 거."

시현은 순간 감정 받으러 온 건 자신이 아니라 보석이라고 외치고 싶었지만, 꾹 참았다. 상대의 의심에 찬 눈초리를 피하는 게 좋을 듯싶었다. 안 그래도 시현은 대출 원금과 이자를 갚기 위해 또 다른 빚을 만들어 버린 불량 채무자였으니까. 최대한 오해 살 일은 하고 싶지 않았다. 그러면서도 돈을 잃어버린 자신이 왜 이렇게 괴로워야 하는지 화가 났다. 그다음 장소에서는 두 개 정도만 내밀었고, 대신 이것저것 물어보면서 대략의 가격을 짐작했다. 당장 큰 도움이 될 만한 가격이었지만, 그렇다고 문제를 전부 해결할 수 있는 금액은 아니었다. 하긴, 애초에 쉽게 정리될 일이 아니지. 하지만 시현에겐 또 다른 보물이 있었다. 그게 시현의 어깨를 당당하게 만들었다. 시현은 갑자기 허기가 느껴졌다. 아주 맛있는 커피 한 잔이 간절했다. 휴대폰을 꺼내 주변 지도를 검색했다. 프랜차이즈를 거르고, 마음에 드는 곳을 골랐다.

크지 않은 공간을 채우는 조명은 과하지 않아서 포근하게 느껴졌다. 메뉴판 가장 위에 써 있는 시그니처 메뉴를 주문했다. 매장에서 직접 굽는 듯한 스콘도 하나 추가했다. 커피와 디저트가 나오기 전까지 멍하니 앉아 창을 바라보았다. 유리창으로 살랑이는 나뭇가지가 보였다. 그 위에 늘어져 있는 볕을 가져다 마음을 한번 문지르고 싶었다. 그럼 좀 따뜻해질까. 커피를 한 모금 마셨다. 쫀쫀하고 부드러운 크림이 달콤하게 혀끝에 닿았다. 뒤이어 번지는 쌉쌀한 커피 향이 입 안에 묻은 크림을 걷어갔다. 한 입 베어 문 스콘은 바삭하게 부서져 부드럽게 녹아내렸다. 따뜻했다.

이나가 생각났다. 아메리카노를 처음 마신 이나는 잔뜩 찡그린 얼굴로 말했었다. 이렇게 쓴 걸 인간들은 어떻게 마시냐고. 그 뒤로도 잠에서 깨기 위해, 심심해서, 습관적으로 들이키는 시현의 아메리카노를 조금씩 뺏어 마시긴 했지만, 찡그려진 이나의 미간은 결국 펴지지 않았다. 그럴 때면 시현은 인간 세상의 쓴맛을 아직 못 봐서 그런 거라며 놀려대곤 했다. 이나는 이제 아메리카노가 쓰지 않을까?

걸음을 잠시 멈추었다. 주변은 온통 알록달록하게 물들고 있었다. 지난밤 진주알에서 본 빛보다 더 눈부신 볕이 시현의 얼굴로 잘게 부서졌다. 시현은 고개를 들어 파란 하늘을 바라봤다. 거리에 나뭇잎이 이렇게 많았던가, 여기가 이렇게 햇볕이 잘 들었던가. 시현은 조금 이상한 기분이 들었지만 나쁘지 않은 낯섦이었다. 휴대폰을 꺼내 샛노란 은행나무와 붉게 물든 단풍, 시리게 파란 하늘을 찍어 전송했다. 아직 육지의 가을을 보지 못한 이나에게. 생동감 넘치는 공기를 힘껏 들이마셨다. 한결 기분이 나아졌다. 이나가 보고 싶었다.

　가격이 나갈 만한 건 진작 다 팔아버리고, 그것 하나만 남았다. 바로 블루투스 스피커. 음질도 중요했지만, 무엇보다 인테리어용으로 탐이 났던 물건이었다. 브랜드를 정해놓고 그 안에 수많은 모델 사이를 무수히 오가며 몇 날 며칠을 지새웠다. 중고거래로 제법 괜찮은 물건을 저렴하게 구해서 미리 그려두었던 장소에 올려둔 순간, 집이 몇 배는 더 아름다워 보였다. 평생 모든 음악은 그 스피커로만 듣고 싶어졌다. 이나가 좋아하는 물건이기도 했다. 처음 스피커로 음악을 틀었을 때 깜짝 놀라던 눈동자를 잊을 수 없었다. 사진을 다 찍어놓고 막상 중고 거래 시장에 내놓지 못했던 것도 이나의 그 표정 때문이었다. 음악 한 곡이 다 끝나갈 때쯤엔 심장에 손을 얹고 말했다. 여기가 좀 이상해. 지금은 심장이 괜찮을까? 하지만 어쩔 수 없었다. 대출금을 모두 갚았다고 해서 전세보증금을 날리지 않는 건 아니니까.

이번엔 조금 늦은 시간에 비교적 집과 가까운 거리에서 이루어지는 거래였다. 구매자에게 블루투스 스피커가 담긴 쇼핑백을 건네자마자 후회했다. 되돌리고 싶었다. 구매자가 쇼핑백을 건네받았음에도 시현은 손잡이에서 손을 떼지 못했다.

"저… 저 혹시"

"무슨 일이시죠?"

"저, 정말 죄송한데… 이거 다시 저한테 파시면 안 돼요?"

"네?"

"이게 저한테 진짜 중요한 거라서요. 부탁드려요."

"저도 갖고 싶은데."

"제가 돈 더 드릴게요. 네?"

"아니, 돈이 문제가 아니라…"

구매자는 갑자기 펼쳐진 상황에 당황해했다. 시현은 돌아가신 엄마의 유품이라고 아무리 형편이 어려워도 그런 건 팔면 안 될 것 같다고 입에서 흘러나오는 아무 말을 내뱉었다. 그 어불성설을 내뱉는 간절한 표정은 진심으로 보였는지 결국 구매자는 스피커에서 손을 떼었다. 연신 고개를 숙이며 시현은 현금 바인더에서 5일 치 예산을 전부 털어 구매자에게 쥐어주었다. 손에 쥐었던 쇼핑백을 두 팔로 감싸 안았다. 얼른 집에 가서 파도 소리, 바닷소리를 잔뜩 듣고 싶다는 생각뿐이었다. 걷는 속도를 높였다. 집에 가까워질수록 중첩된 소음에서 음악 소리, 차 엔진소리, 사람들의 목소리가 하나씩 걷혔다. 부쩍 어두워진 집 근처 골목길에 접어들 때 시현의 미간은 살짝 구겨졌다. 안전신문고에 민원을 넣었는데 아직도 어둡다니. 처리가 안 된 건지, 또다시 문제가 생긴 건지 알 수 없었다. 집에서 가까운 마지막 편의점도 지난 지라 어두웠다. 그때 뒤에서 낯선 손길이 시현을 잡아챘다. 짧은 비명을 내지르며 쓰러졌지만, 아직 의식이 살아 있는 시현은

자신의 입을 틀어막는 어두운 그림자의 손을 물어
뜯었다. 자신이 낼 수 있는 최대한의 소리를 내며
빠르게 달렸다. 괴한도 뒤따라 달렸다. 뛰면서 고
함을 뱉는 게 쉽지 않지만, 시현은 포기하지 않았
다. 누구라도 한 명만 나와주면 괜찮을 것 같았다.
자신을 살려줄 구원자든, 끔찍함을 바라볼 목격자
든 상관없었다. 그저 단 한 명의 시선이면 괜찮았
다.

"시현아!"

이나였다. 이나가 아니라도 상관없었다. 어두
워서 보이지 않았지만, 누군가 자신을 보고 있다는
사실에 힘이 났다. 시현은 마지막 남은 힘을 모두
끌어올려 달렸다. 어두운 그림자는 그보다 더 빨리,
시현의 뒤를 바짝 쫓았다.

"뒤에 누구야?"

진짜 이나였다. 갑자기 끼어든 목소리에 어두
운 그림자가 멈칫했다. 이나의 눈엔 선명하게 드러
났다. 모자 아래 보이는 뾰족한 코와 얇은 입술, 손
에 든 날카로운 금속성 물질도. 목격자의 등장이 확
실해지자 괴한은 당황한 듯 보였다. 그 틈에 이나는

그의 급소를 향해 발을 날렸다. 비명 소리와 함께 비틀대는 괴한의 무기를 향해 한 번 더 발을 뻗은 이나는 풀썩 주저앉은 시현에게 손을 내밀었다. 여전히 스피커를 꼭 끌어안고 있는 시현의 팔이 바들바들 떨리고 있었다. 머뭇대는 시현의 팔을 이나가 덥석 잡았다. 그 힘에 기대 일어난 시현이 말했다.

"괜찮아? 언제 왔어? 어디 갔었어?"

팔을 빼는 시현의 몸이 여전히 떨렸다. 붉어진 손으로 이나가 시현을 안았다.

"집에 왔는데 없길래 잠깐 나왔다가 너 발소리가 들려서."

시현의 뺨에 맞닿은 이나의 볼이 붉게 부풀어 오르기 시작했다. 하지만 이나는 시현을 더 꼭 끌어안았다.

9

이나가 육지에서 약속했던 시간도 절반이 훌쩍 지나고 있었다. 기대한 만큼 이나와의 소통이 빈번하지 않았지만, 크게 문제 될 건 없었다. 은수는 슬슬 다음을 준비할 때가 되었다고 생각했다. 처음 소라가 이 일을 제안했을 때 불쾌했던 건 사실이다. 하지만 따지고 보니 제법 괜찮은 거래였다. 은호의 궁극적인 목적은 이나의 파견 기간, 그 이후였다. 이나가 데려올 인어 무리. 그들이 정착한다면 돈이 필요할 것이고, 그럼 당연히 은수가 구상하고 있는 일을 함께할 수밖에 없을 테니까.

은수가 맨 처음 그 일에 대해 듣게 된 건 바다에 몰래 사람과 물건을 태워 보내는 뱃사람을 통해서였다. 언제나처럼 큰돈을 벌 수 있다는 말에 솔깃해 무작정 오른 배였다. 딱히 두려울 건 없었다. 오히려 은수와 조금 다른 얼굴을 하고, 전혀 다른 언어를 쓰는 사람들 속에 있는 게 좋았다. 그들의 말을 알아들을 수 없는 것도 마음에 들었다. 은수에 대해서 뭐라고 떠들어대도 영원히 모를 테니까. 배가 향하는 목적지도 탐났지만, 그 배 위에선 모두가 동등하게 이방인이라는 사실, 그게 조금 더 좋았다.

　은수 일당을 태운 커다란 배는 어느 지점에 멈춰 섰다. 동력을 가하지 않았지만, 주변 물살에 배는 흔들렸다. 은수는 전문 잠수복을 입은 상태였다. 온몸을 따뜻하게 감싸는 잠수복은 생각보다 두꺼웠다. 그 위에 조끼를 입었는데 은수가 상상했던 구명조끼와는 달랐다. 몸에서 떨어지지 않도록 단단하게 버클로 여러 번 고정한 조끼는 산소통을 짊어질 수 있도록 설계되어 있었다. 머리에는 조명이 달린 잠수모를 썼는데 산소 레귤레이터가 연결되어 있었다. 단단히 장비를 채운 사람들이 서로 바라보았다. 그 순간, 그들에게 중요한 오직 하나였다. 서로 다른 간절함이 모여 배를 띄우고 장비를 바닷속으로 내렸다는 사실, 그러니 반드시 보물을 건져 올려야 한다는 것. 그게 거기 모인 이들을 하나로 묶어주었다. 은수도 거기에 속했다.

　은수는 해저 리프트에 올랐다. 한쪽 발만 올렸을 뿐인데 리프트는 은수의 무게에 출렁거렸다. 은수 한 사람만으로 가득 찬 리프트에 또 다른 한 명이 더 올라탔다. 은수는 한쪽으로 바짝 붙어 자리를 내주었다. 순간, 리프트의 무게 중심이 은수 쪽으로 확 쏠리면서 심하게 출렁거렸다. 리프트가 점점 수면 아래로 내려갔다. 은수도 물속으로 점점 더 깊이 들어갔다. 잠수복 덕인지 몸속에 흐르는 피 덕인지 은수에게 닿은 건 한기라기 보다 선선함이었다. 처음 보는 바닷속도 크게 두렵지 않았다. 수중탐사대라는 은수의 거짓 커리어가 결과적으로는 진짜가 되어버린 듯했다.

철컥- 해저 리프트가 바닥에 닿았다. 함께 탄 사람이 닫힌 문을 열고 바깥으로 나갔다. 은수도 따라 나갔다. 배에서 미리 전달받았던 대로 두 사람은 목표 지역을 탐사하기 시작했다. 정수리 쪽에서 흘러나오는 빛을 따라갔다. 모래 속에는 수많은 것들이 파묻혀 있었다. 육지에서 떨어져 나온 것들은 오랫동안 시간을 잊고 덮여 있었다. 그 무덤 사이를 붉은 불가사리와 검붉은 게가 느리게 오갔다. 은수는 그사이를 조심스레 걸었다. 손에 쥔 거대한 진공기로 모래를 빨아들이면서. 사라지는 모래 끝에 상자 하나가 눈에 들어왔다. 귀퉁이가 조금 부서진 걸 보면 그 틈으로 물건들이 새어 나왔음이 분명했다. 은수는 주변을 공들여 관찰했다. 울퉁불퉁 불규칙한 모양과 부피감을 가진 자갈들 사이에 정갈하게 납작한 무언가가 보였다. 냉큼 잡아 올렸다. 작고 단단했다. 겉표면에 붙은 모래를 문질렀다. 잠수모에서 거센 거품이 부글거렸다. 은화였다. 정확한 시기를 알 수 없었지만, 영화 속에서 비슷한 모양을 본 적이 있었다. 주변에 같은 모양의 동전들이 더 보였다. 보이는 대로 손에 쥐었다. 당시에도 귀했지만, 시간 속에서 더욱 높은 가치를 쌓아 올린 보물들이었다.

그때부터 은수는 본격적으로 바다에 눈을 돌리기 시작했다. 물론 여러 기술과 장비가 필요했기에 함부로 시작할 순 없었지만, 이런저런 일들을 지나 종착지로 여길만한 사업이란 생각이 들었다. 은수에게는 해저 지형이나 물속 물체를 알아내기 위한 음파 탐지기가 필요하지 않았다. 배에서 수면 아래로 들어가기 위한 해저 리프트나 잠수복, 잠수모, 산소를 공급해 줄 스쿠버 탱크와 레귤레이터도 필요 없었다. 은수에게 필요한 건 단 하나, 소라였다.

소라라면 아무 장비 없이 해저 지형을 알 수도 있고, 보물을 건질 수도 있었다. 게다가 모든 장비를 갖추고도 1시간 이상 잠수하기 어려운 인간과 달리 소라는 아주 오랫동안 바다를 누빌 수 있었다. 보물을 담을 배 한 척 정도만 준비하면 될 일이었다. 콧노래가 절로 나왔다. 생각지도 못했던 복병은 철수였다. 그런 위험한 일을 소라에게 시킬 수 없다고 했다.

"엄마는 바다보다 육지가 훨씬 더 위험하다고요."

"그래도 여기에서 산 세월이 얼만데."

"엄마가 정말 바다에 한 번도 안 들어갔다고 생각하는 거예요?"

철수는 은수의 질문 앞에서 아무 대답도 하지 않았다. 어떤 소리도 뱉어내지 않은 입술이 조금 떨렸는데 은수는 그 떨림을 분노로, 소라는 두려움으로 읽었다. 정작 철수는 그 어느 쪽으로도 결론짓지 못하고 그저 혼란스러운 표정이었다.

"아무튼 안 된다. 절대 안 돼."

은수는 방문을 쾅 닫고 들어가 버리는 철수를 이해할 수 없었다. 철수야말로 본인이 뱉은 말을 뒤

집을 증거였다. 자신이 태어난 땅을 떠나 이곳에 정
착한 세월이 얼만데 여전히 이방인처럼 둥둥 떠다
니고 있었다. 은수에게 물려준 어두운 피부나 짙은
쌍꺼풀 같은 것들은 그렇다 치더라도 어눌한 언어
나 여전히 바꿀 생각조차 없는 식습관은 뭐라고 할
것인가. 자신이 나고 자란 모국에서 어떤 위해도 가
하지 않는다면 철수는 당장이라도 돌아갈 것이라
고, 은호는 생각했다. 그래 놓고 소라에게 바다가
위험하다니. 아무리 생각해도 어불성설이었다. 게
다가 보물을 찾아서 은수 혼자 잘 먹고 잘 살자는
것도 아니지 않는가. 온 가족이 힘들게 돈 벌이를
하지 않아도 되고, 매번 올려달라고 하는 보증금 앞
에서 전전긍긍하지 않아도 될 것이다.

　"나는 괜찮아. 할게. 하고 싶어."

　고개를 돌려 소라를 바라보는 은수의 입꼬리
가 올라갔다. 그동안 고민하며 세웠던 계획에 대해
풀어놓았다. 은수의 이야기가 길어질수록 소라의
얼굴도 점점 밝아졌다.

　"그럼 언제부터 할까?"

　조금 들뜬 목소리였다. 바다를 마음껏 누빌 수

있다는 사실 때문인지, 그럴 수 있는 당당한 명분이
생긴 탓인지, 아니면 부자가 될 수 있다는 기대감
덕인지 은수는 조금 헷갈렸다. 은수의 손 위에 소라
의 손이 살포시 포개졌다. 그제야 은수는 문득 깨
달았다. 소라의 설렘은 어쩌면 은수에게 보탬이 될
수 있다는 사실, 은수와 함께 같은 곳을 바라볼 수
도 있다는 기대에서 비롯되었다는 걸. 하지만 소라
의 들뜬 마음은 금방 바닥으로 가라앉았다. 보물선
은 진주조개처럼 흔한 게 아니었다. 넓은 지역을 소
라 혼자 헤집고 다니는 게 쉬운 일도 아니었다. 그
저 물속을 배회하는 것과 임무를 가지고 적극적으
로 돌아다니는 건 다른 문제였다. 게다가 익숙한 지
형을 돌아다니는 게 아니기에 물의 흐름, 온도, 혹
시 모를 천적의 공격까지 모두 감안하며 움직여야
했다. 그러면서도 끊임없이 음파를 내보내고 돌아
오는 신호를 통해 해저 지형을 탐색했다. 체력적으
로 한계에 부딪혔다. 하지만 소라는 포기할 수 없었
다. 소라만의 보물을 캐고 싶었다. 은수와 함께.

　은수도 쉽게 포기하지 않았다. 호기롭게 빚을
내 사들였던 배를 처분하고 공부를 시작했다. 처음

은 역사와 지리였다. 무작정 인터넷에서 이런저런 자료를 검색하고 관련 영상을 봤다. 가까운 도서관 찾았다. 세계사와 지형에 관련된 여러 가지 자료를 들춰봤다. 과거 유럽만큼 아니지만 동아시아도 분명 해상 무역이 이뤄졌다는 사실을 알게 되었다. 그렇다면 굳이 먼 바다로 갈 것 없이 은수가 사는 곳에서 가까운 바다를 알아보는 것도 나쁘지 않을 것 같았다. 아무래도 유럽 쪽은 난파된 보물선이 꽤 알려진 만큼 보물 사냥꾼들도 많은 편이었다. 언제나 수익은 블루 오션에서 나는 법, 은수는 아직 더 파란 바다를 공략하기로 했다. 서해. 우리나라를 중심으로 서쪽으로 중국을 비롯한 여러 나라가 존재했으니 분명 난파된 상선이 수면 아래 잠들어 있을 확률이 꽤나 높을 거라 판단했다. 게다가 서해는 해저 지형 특성상 그리 깊지 않으니, 소라가 움직이는 데 상대적으로 덜 힘들 것 같았다. 은수의 집에서도 가까워 보물 운반에도 훨씬 수월할 듯했다. 은수는 세계사에서 동아시아사와 동남아시아사로, 그중에서도 17-18세기의 해상 무역으로, 자연지리에서 해저 지형으로, 그중에서도 우리나라 서해와 동해 중심으로 점점 목표를 섬세하게 다듬어 가고 있었다. 이나가 육지에 발을 디딘 게 그쯤이었다. 그 첫 만남 이후로 은수의 계획은 아주 조금 수정되었다. 이나와 그 무리 인어들과 손을 잡아 함께 사업을 진행해야겠다고. 이나가 육지로 온 날로 약 3개월 후면 배를 띄울 수 있을 거라 생각했다. 예상보다 그 일이 조금 더 앞당겨졌다.

난데없는 방문이었다. 첫 만남 이후 직접 얼굴을 마주한 건 처음이었다. 먼저 연락을 하거나 도움을 구하는 법이 없었고, 가끔 은수가 안부를 물으면 '별일 없다'라고 답하는 게 전부였다. 그랬던 이나가 밤중에 숨을 헐떡이며 찾아왔다. 처음 만났던 그날보다 더 피로한 모습이었다. 눈은 충혈되었는지 붉은 기운이 돌았고, 얼굴은 조금 부풀어 올랐다. 통통하게 차올랐다기보다 손가락으로 찌르면 푹하고 꺼져버릴 것 같은 붓기였다. 금방이라도 쓰러질 것만 같은 얼굴과 달리 두 다리는 흔들림 없이 단단하게 서 있었다. 익숙하게 서 있는 자세가 아니었다면 은수는 이나가 '별일 없다'는 문장의 뜻을 잘못 익힌 게 분명하다고 생각했을 것이다.

"큰돈을 구하려면 어떻게 해야 해요?"

예상치 못한 질문에 은수의 눈이 커졌다.

"네? 큰돈은 갑자기 왜요?"

"쓸 데가 좀 있어서요."

"혹시 이시현 씨랑 관련된 일이에요?"

은수의 질문에 이나는 한 템포 숨을 고르는 것 같았다. 은수도 서두르지 않았다. 이럴 땐 아무것도 끼어들지 않는 공백이 수많은 언어를 담고 있는 법이니까. 그저 빈칸을 채우는 이나의 한숨과 갈 곳 잃은 눈동자를 바라보았다.

"아뇨. 아무래도 이곳에 정착하려면 돈이 많이 필요한 것 같아서요."

"이주를 결심한 건가요?"

"…네. 비용이 얼마나 들지 궁금해요."

고개를 끄덕였지만 은수는 그 말을 곧이곧대로 믿지 않았다. 이주를 결정하는 것도, 그에 대한 비용을 고민하는 것도 예정에 있던 일이었다. 게다가 파견 기간은 너끈히 한 달은 남아 있었다. 이렇게 급작스럽게 서두를 필요가 없었다. 예상치 못한 다른 이유가 생기지 않았다면.

"진주는 다 썼나요?"

"네. 가치 있는 천연 진주를 찾기가 쉽지 않아요."

이나가 말한 '가치'는 분명 화폐 가치를 의미했다.

"육지 사람 다 되셨네요."

무슨 뜻인지 모르겠다는 표정마저 인간답다고 은수는 생각했다. 어떤 기능이나 지식을 모른다는 순수한 질문이 담긴 표정이 아니라 당신의 뜻에 관심이 없다는 무관심이 몇 방울 섞인 낯빛. 마음에 들었다. 오직 서로가 원하는 목표에만 집중하면 되니까. 그게 돈이라면 은수는 더욱 환영이었다. 사랑이나 인정 같은 욕망보다 그저 돈을 향한 야망이 훨씬 더 깔끔했다. 다른 여러 변수를 고려할 것 없이 오직 하나의 목표를 향해 직선 위를 달리면 되는 일이었다.

"진주 말고 다른 보물을 찾으면 되죠."

"다른 보물이요?"

이나의 눈이 반짝 빛났다. 그걸 본 은수도 조금 신이 났다. 어쩌면 이건 자신에게 온 기회일지도 몰랐다.

"네. 진주랑은 비교가 안 돼요."

"그럼 왜 애초에 그걸 가져오라고 하지 않았죠?"

"가치가 있는 건 그만큼 손에 넣기 어려우니까요."

이나는 고개를 끄덕였다. 은수의 논리를 잘 따라오고 있어 보였다. 은수는 조심스럽게 그 단어를 내뱉었다.

"보물선이라고 들어봤어요?"

예상보다 빠른 진행이었지만, 그게 무엇이든 흐름을 타는 게 가장 중요한 법. 운명은 은수에게 지금이 절호의 타이밍이라고 속삭이고 있었다. 물론 여러 인어를 동원하는 게 좋겠지만, 일단 이나로 시작을 해보는 것도 나쁘지 않을 것 같았다. 은수 입장에서는 일을 빨리 진행 시킬수록 좋았다. 이나를 통해 보완해야 할 점을 찾아낼 수도 있었다. 그런 은수의 속내를 알 리 없는 이나는 '모르겠다'라는 표정을 지었다. 다른 감정 따윈 섞이지 않은 순도 100퍼센트 궁금증으로 채워진, 예전의 얼굴이었다.

"바다에는 정말 수많은 보물들이 있어요. 진주처럼 바다가 만들어 낸 보물도 있지만, 인간이 잃어버린 보물도 있죠."

은수는 바다가 삼켜버린 인간의 물건을 말했다. 가령, 네덜란드에서 엄청난 양의 은과 화물을 싣고 영국해협을 건넜던 18세기의 배 같은 것들에 대해서. 이나는 단 하나도 놓칠 수 없다는 진지한 얼굴로 은수의 말에 집중했다.

10

이나는 은수의 이야기에 솔깃했다. 나쁘지 않은 거래였다. 은수에게 보물을 건네주고 대신 이나가 원하는 걸 취하기로 했다. 그게 이나가 터득한 생존의 법칙이었다. 물론 육지에서 그 원칙을 제대로 적용하려면 아주 많은 노력이 필요하다는 걸 깨달은 뒤였지만, 이나는 해낼 자신이 있었다. 이나가 보물을 넘길 수 있는 인간은 얼마든지 찾을 수 있지만 은수에게 보물을 넘길 인어를 찾긴 쉽지 않을 테니까.

은수가 말한 곳으로 향하는 길은 나쁘지 않았다. 아니, 좋았다. 오랜만에 맡는 바다 내음, 몸에 익은 압력과 온도, 피부를 감싸는 물결의 간지러움. 전부 좋았다. 애써 노력하지 않아도 쉬어지는 숨, 습관적으로 움직이는 팔과 다리, 고민 없이 나아가는 몸, 그 모든 게 이나에게 맞춤옷처럼 척 달라붙었다. 그제야 익숙해졌다고 생각했던 육지에서 이나가 느낀 피로와 긴장이 드러났다. 하지만 상관없었다. 곧 바다에 흩어지고 녹아 사라졌으니까. 배

238

를 채울 만한 먹이는 잘 보이지 않았지만, 부유하는 플랑크톤이 충분한 간식거리가 되어 주었다. 육지처럼 재미는 없었지만, 익숙하고 편안한 맛이었다. 이제야 이나는 깨달았다. 이곳을 그리워했다는 걸. 모든 세계가 이나를 환영하는 듯했다. 새로운 시도를 향한 살짝 불안했던 마음도 조금 누그러졌다. 그게 무엇이든 잘 해낼 수 있을 것만 같았다. 게다가 보물선이라면 이나 마음에 들 게 분명했다. 은수가 보여준 사진으로는 이나가 고향에서 봤던 것과 크게 다르지 않은 듯했다. 정말 진주보다 훨씬 더 큰 돈을 벌 수 있다면 이나는 아예 파견 대원들을 모아 보물 탐사대를 꾸릴 생각이었다. 그러면 육지 생활에 큰 도움이 될 게 분명했다.

이나야

소렌이었다. 불쑥 눈물이 날 뻔했다. 멀리 떨어지지 않은 곳에 있으면서도 이상하게 수신이 잡히지 않아 안타까웠던 친구. 그러면서도 가까이 있다는 사실만으로 위안이 되었던 존재. 소렌을 이렇게, 우연히, 다시, 바다에서 만날 줄이야.

어머, 소오오오렌!!! 잘 지냈어? 육지는 어땠어? 좋았
어? 역시 별로였어? 솔직히 생각보다 좋았지? 얼굴은 좋아
보이는데… 인간들이랑 싸우진 않았고?

야, 하나만 물어. 뭐 그냥 그렇지. 애초에 별 기댈 안
해서 그런지 뭐 나쁘진 않았어. 인간들은 역시… 별로…
넌? 넌 어땠어?

글쎄. 좀 이상한 것 같아.

소렌은 고개를 끄덕였다. 이나는 그 고갯짓이
무슨 의미일까 궁금했지만 묻지 않았다. 대신 소렌
이 파견된 지역의 상황은 어떤지 물었다. 소렌이 있
는 곳도 이나의 지역과 크게 다르지 않은 듯했다.

돈이 많으면 문제 없이 살 수 있는 것 같아. 인간들은
이해할 수 없지만.

소렌의 결론은 의외로 심플했다.

그럼 돈만 많으면 육지에서 살고 싶어?

모르겠어. 다른 인어들도 적응을 잘할 수 있을지.

이나가 고민하는 지점도 정확히 일치했다. 육지 적응 훈련을 마친 파견 대원도 쉽지 않았는데 다른 인어들은 오죽할까. 게다가 그 많은 인원을 소수의 파견 대원이 붙어서 일일이 가르칠 수도 없는 노릇이었다.

돈만 많으면 편해질까?

집도 있어야 해.

집이 있고 돈이 많으면 괜찮을까?

그렇지 않을까? 웬만한 문제는 다 돈으로 해결되던데?

그럼… 나한테 좋은 생각이 있어.

이나는 소렌의 손을 잡고 이끌었다.

어디로 가는 거야?

보물 찾으러.

소렌과 함께 유영하는 바닷길은 정말 오랜만이었다. 이나는 평소보다 꼬리를 마구 흔들며 힘껏 헤엄쳤다. 수백만 개의 비늘을 하나하나 스치고 지나가는 너울의 움직임과 질감을 마음껏 느꼈다. 최소의 움직임으로 우아하게 유영하던 소렌도 발랄하게 꼬리를 살랑거렸다. 온몸으로 마음껏 에너지를 뿜어내면서도 재잘대는 소리가 쉼 없이 이어졌다. 둘의 대화는 주변의 파장마저 잠잠하게 만들었다.

오랜만에 우리 달리기 내기 한 번 할까?

간만에 또 지고 싶은 거야?

육지 가더니 인간에게 허세만 배워온 거야?

인간한테 배우긴 뭘 배워, 천하의 인어가!

이나와 소렌은 까르르 거리며 끝이 뭉뚝한 화살을 주고받았다. 둘 다 더 힘차게 목적지를 향해 팔을 뻗었다. 누가 먼저 도착하든 상관없었다. 함께 가고 있다는 것, 결국 서로의 손이 닿는다는 게 중요할 뿐.

목적지는 한 지점이라기보다 커다란 일대였

다. 이나와 소렌은 평평한 해안 평원과 해저를 중심으로 살폈다. 가는 모래들이 바닥에 두껍게 깔려 있어 꼭 사막 같았다. 모래에 전부 스미지 못할 만큼 두껍고 거대한 물이 위에 쌓였다는 사실만 다를 뿐. 물을 잔뜩 머금은 모래 위를 기어가듯 살폈다. 드디어 이나의 눈에 육지의 파편이 들어왔다. 나무였다. 난파선의 잔해. 이나는 벌써 보물이라도 발견한 듯 심장이 쿵쾅거렸다. 그 주변을 돌았다. 그리고 드디어 단단하고 묵직한 나무 상자를 발견했다. 윗부분에 조금 틈이 보였지만 굳게 닫힌 입은 쉽게 열리지 않았다. 이나와 소렌은 함께 상자를 들어보았다. 낑낑거리며 겨우 들 수 있었지만, 육지까지 올라가는 건 무리였다.

비켜봐.

소렌은 나무 상자에 붙은 금속성 체인을 향해 입을 최대한 크게 벌리더니 어금니로 깨물었다. 하지만 부서진 쪽은 소렌이었다. 갑각류도 아그작 씹어 물던 인어의 치아였지만, 인간이 만든 금속이 그보다 더 단단했다. 이나는 단단한 돌덩이를 주워 벌어진 틈 사이를 공략했다. 낑낑대는 둘이 슬슬 지쳐갈 때쯤, 지나가던 크랩이 팔을 뻗어 검붉은 쇠붙이를 끊어주었다. 드디어 입이 열린 나무 상자 속에는 은수가 내민 사진 속에서 본 것과 비슷한 물건들이 있었다. 백자와 비단, 동전, 비취옥 은팔찌와 가락지 같은 것들.

이게 보물이라고?

응.

보물은 인간들이 좋아하는 거 아냐?

맞아.

근데 이건 좀…

소렌이 하지 않은 뒷말이 무엇인지 짐작할 수 있었다. 이나도 머뭇거렸다. 시간의 때가 잔뜩 묻어 거무스름해진 물건들은 도무지 보물 같지 않아 보였다. 하지만 이내 생각을 고쳐먹었다. 진주 같은 게 인간들이 좋아하는 보석일 줄 상상이나 했던가. 은수를 믿어보기로 했다. 아무리 생각해도 은수가 이나에게 거짓말을 해서 얻을 이익은 없었다. 현재로선 딱히 다른 대안도 없었다. 문제는 이걸 어떻게 들고 갈 것인가였다. 질기고 단단한 해초를 뜯어 새끼줄처럼 엮었다. 거기에 백자와 비단을 매달았다. 더 촘촘하게 엮어 만든 주머니에는 동전과 보석을 잔뜩 담았다. 그게 이나의 첫 탐사였다.

처음 수확한 보물을 가지고 육지에 다다랐을 때, 이나와 소렌은 인간들이 사라질 때까지 기다려야 했다. 바닷속에서 머물기엔 보물들이 걸리적거렸다. 게다가 이나는 바닷속에서 온전히 쉬는 법을 까맣게 잊은 것만 같았다. 가만히 힘을 빼고 있는 게 쉽지 않았다. 빨리 바닥에 드러눕고 싶다는 생각뿐이었다. 하지만 막상 육지에 도착하니 옷을 숨겨둔 장소까지 가는 것도, 꼬리 대신 온전한 다리가 나타날 때까지 기다리는 것도 조마조마했다. 정수리로 쏟아지는 뜨거운 볕도 힘들었다. 바위 뒤에 있다가 다시 바다에 들어갔다를 반복하다 결국 아주 늦은 새벽이 되어서야 온전히 돌아올 수 있었다. 그런 이나가 은수를 만나자마자 '배를 띄워달라'는 조건을 내세운 건 당연했다. 거기에 더해 소렌은 명확한 수익 분배 조건을 요구했고, 보석 거래 시 동행을 요구했다. 은수의 얼굴에 당황하는 기운이 스쳤지만, 이내 고개를 끄덕였다.

은수가 띄운 배엔 이나, 소렌과 더불어 소라도 올랐다. 인어들이 건진 보물들을 실어 올릴 은수와 철수도 함께. 넘실대는 물살에 자신의 운명을 띄운 다섯은 저마다 설레고 부푼 표정이었다. 은수는 문득 첫 보물 탐사선을, 한배에 탄 사람들을 떠올렸다. 국적과 성별, 피부색, 언어와 인종, 문화와 생각이 전부 달랐지만, 보물과 생존, 열망과 각오로 단단히 엮여 있던 그들을. 은수 일당은 한 달가량 탐사를 지속했고 그들이 건져 올린 보물을 처리하는 데 또 한 달 이상이 소요되었다. 그사이 이나와 소렌은 파견 상황을 보고 하기 위해 고향으로 떠나야 했다.

로빈이 파견 대원들을 모두 소집했다. 신비 광장으로 향하는 이나의 꼬리에 설렘이 묻어났다. 보물선 탐사 이후 거의 바다에만 머물렀지만, 낯선 곳에서 온종일 하는 노동과 익숙한 시간 속으로 다가

가는 건 전혀 다른 차원의 움직임이었다. 게다가 신비 광장이라니. 이나는 여전히 황홀함으로 기억되는 신비 광장 앞에서 다시 속절없이 무너지길 바랐다. 그럴 수 있을까? 가자마자 산호초부터 보러 가야겠다는 생각도 들었다.

소렌, 너는 뭐가 제일 기대 돼?
다른 애들의 보고 내용.

이나도 각 대원들이 가져올 내용들이 궁금하긴 했다. 그래도 신비 광장과 로빈, 고향의 수온과 물결, 무리들의 상황이 더 보고 싶었다. 이나는 멀리서 보이던 로빈의 뒷모습이 점점 가까워지자 눈물이 핑 돌았다. 오랜만에 마주하는 익숙함이 굳었던 긴장감을 마구 풀어헤친 탓이었다. 게다가 가까이 다가갈수록 선명해지는 로빈의 상체를 둘러싼 반점이 아팠다. 다행히 그 수가 늘어난 것 같진 않았지만, 이전에 비해 확연히 쇠약해진 듯한 로빈에 마음이 편치 않았다. 지상에서 힘들 때마다 이나가 꺼내 보던 로빈과 너무도 다른 모습이었다. 그새 로빈이 늙어버린 걸까, 아니면 내가 떠올린 로빈은 환상 속 모습이었던 걸까. 이나는 그동안 고민해 본 적 없던 시간의 흐름에 대해서, 추억과 과거에 대해서 잠시 생각했다. 그러는 동안 한 명을 제외한 모든 파견 대원이 모였다.

각자 지역에서의 상황이 어땠는지, 우리가 모두 이주할 법한지 자유롭게 이야기해 보지.

제일 먼저 입을 연 건 자취를 감춘 대원과 가장 가까운 곳에 정착했던 인어였다.

아무래도 알렉스는 인간에게 잡힌 것 같아요.
잡히다니?
정체가 탄로난 것 같아요.

파견 직후, 인근 바닷가에서 만난 적이 있었는데 이후론 통 보기 힘들어서 걱정하던 차에, 온갖 정보에 빠삭한 브로커가 물어다 준 정보라고 말했다.

그런데 왜 우리가 몰랐지? 인간 세상에서는 인터넷으로 모든 게 빠르게 퍼지잖아.

파견 대원 모두 그 말에 동의했다. 하지만 그 대원이 브로커에게 들은 바에 의하면 일부러 비밀에 부치는 거라고 했다. 인어들을 임상실험 대상이나 심해 탐사 요원으로 활용하기 위한 전략이라고 했다.

그래서 절대로 인어인 걸 들키지 말라고 했어.
역시 인간들이란.

다들 다소 겁먹은 표정을 한 가운데 소렌만 시니컬하게 대꾸했다. 하지만 이나는 믿을 수 없었다. 그저 뜬소문일 뿐이라고 여겼다. 인간 사회에서 그런 루머들은 흔한 일이었다. 다른 인어들의 의견은 이나와 소렌처럼 양쪽으로 갈라졌고, 둘은 팽팽하게 맞섰다. 결론이 나지 않는 대립 속에서 로빈은 말했다.

정체를 들키고 상처 입고 사라지는 것도 파견 대원의

임무 중 하나였다는 걸 기억들 하지? 알렉스는 파견 대원으로서 임무를 다한 거야.

로빈은 화제를 전환해 일상생활은 어떠했는지, 적응하기 어려운 점은 없었는지 물었다. 대부분은 몇 시간마다 올라오는 비늘과 인간들과의 접촉만으로 생기는 상처를 언급했다. 밝은 빛에서 잘 보이지 않는 시력과 인간들의 목소리에 적응하기 힘들었던 이야기도 했다. 어떤 대원의 경우 유독 체취가 심해 인간들이 코를 쥐고 멀찍이 뒤로 물러나는 경우도 있었다고 말했다.

그래도 육지는 확실히 먹이가 많긴 해요.

모두 고개를 끄덕였지만 그에 대한 반론도 만만치 않았다. 먹이를 구하기 위해서 들이는 노력이 바다와 다르다는 점을 언급했고, 생존을 위해 필수적인 돈이라는 개념을 이해하는 게 어렵다는 말도 했다.

저희는 이제 겨우 적응했는데 이걸 다른 인어들에게 이해시키는 게 어려울 것 같아요.

그래도 잘 가르치고 열심히 배우면 괜찮지 않을까요?

제대로 적응할 때까지 하나하나 세심하게 도와줄 존재가 필요해요.

그 역할을 우리들이 하면 되지 않을까요?

우리 앞가림도 힘든 판에 돕긴 누굴 도와요.

회의는 끝날 기미가 보이지 않았다. 모두의 말이 일리가 있었기에 쉽사리 끼어들 수 없었지만, 이 나는 마음이 조급했다. 빨리 보물을 찾아서 은수에게 넘기고 돈을 마련해야 했다.

저는

조용히 있던 이나가 입을 열자 모두의 시선이 그쪽으로 쏠렸다.

…살 만하다고 생각해요. 좀 더 살아보고 싶어요.

우린 일을 구하기도 힘들잖아요.

인간이랑 협업하면 충분히 벌 수 있어요. 돈.

이나는 보물 탐사에 대해서 말했다. 난파된 보물선은 한 지역에만 몰려 있는 게 아니라 다른 지역에서도 분명 수요가 있을 거라는 말도 함께. 대부분 믿을 수 없다는 반응이었지만, 이나가 근처 난파선을 언급하자 공기가 바뀌었다.

우리한테 별 게 아니어도 인간한테 가치 있는 것들이 있어요. 진주처럼.

이번엔 소렌이 거들었다.

인간은 우주보다 심해를 더 무서워해요. 엄청난 압력을 견딜 수 없으니까. 근데 그걸 우린 할 수 있잖아요. 그게 바로 블루오션이죠.
블루오션?
아, 인간 언어 공부 좀 더 하죠.

이나가 말을 가로챘다.

돈 벌기 좋다는 말이에요. 우리한텐 별 거 아닌데 인간한텐 힘든 일이니까.

파견 대원을 중심으로 무리가 흩어져 이동한다면 충분히 승산 있는 비즈니스라는 게 이나와 소렌의 판단이었다. 물론 모든 대원들이 우호적인 것은 아니었다. 자신의 브로커와 다신 거래를 하고 싶지 않다는 대원도 있었고, 인간들을 위한 어떤 좋은 일도 하고 싶지 않다는 대원도 있었다. 잠자코 모든 이야기를 듣고 있던 로빈은 느리게 말을 이어갔다.

각자의 입장을 정리해서 전체 회의 때 발표한 뒤 표결에 부치기로 하지.

전체 회의라니. 물론 예상했던 일이었지만 이나는 한시가 급했다. 무기력하게 육지를 배회하는 시현과 바다에 빠진 사람 이야기를 하며 서럽게 쏟아내던 시현의 울음, 바다에 빠져 한참동안 가라앉던 인간이 아른거렸다. 로빈에게 사정을 설명했다.

생명은 구해야지. 네 의견은 내가 대신 전하마. 아, 그리고 이거…

마치 손뜨개 네트백 같이 생긴 해초백엔 심해 생물 몇 종이 들어 있었다.

이게 뭐예요?
소라에게 전해주면 알 거야. 얘들은 같이 나눠 먹고.

이나의 고향 상황은 뻔했다. 예전보다 나아진 건 없었고, 여전히 먹이는 부족했으며 질병은 만연했다.

아무리 육지가 먹을 게 많아도 이건 못 먹을 거 아냐. 여기서 먹는 거랑 똑같은 맛은 아니겠지만 아쉬운 대로 괜찮을 거야.

이나는 더 이상 아무 말도 하지 않았다. 그저 로빈을 꼭 안았다. 소라에게 이 품의 온기까지 전해주겠다고 다짐하며, 아주 오랫동안.

이나는 육지에 도착하자마자 소라에게 로빈의 선물을 전해주었다. 소라의 눈은 촉촉하게 젖었지만 입꼬리는 올라갔다. 잠시 후, 다시 직선이 된 소라의 입꼬리가 움직였다. 덕분에 이나는 소라가 육지로 오기 전까지 가장 믿는 존재가 로빈이었다는 것과 그와 함께 모건 전설과 육지를 향한 호기심을 함께 나누었다는 사실을 알게 되었다. 하지만 육지와 인간에 금방 마음을 빼앗겨 버린 소라와 달리 로빈은 바다에 남기를 택했다고 했다.

로빈은 육지를 싫어하는 건가요?
글쎄. 그보단 다른 인어들을 등질 수 없는 인어랄까.

이나는 그 알쏭달쏭한 말을 이해할 수 있을 것 같았다. 로빈이 결국 어느 곳을 택할지도.

혹시 모건도 친구예요?
나도 전설로만 알아. 근데 아직 살아있다는 말이 있어. 영원히 죽지 못한달까. 인간을 너무 사랑해서 인간을 죽였거든.

네? 그게 무슨 소리예요?

소라는 더 이상 말을 잇지 않았다. 멈출 수밖에 없는 것인지도 몰랐다. 어느 순간을 떠올리는 것 같았다. 이나는 왠지 소라가 그 마음을 알고 있는 것만 같단 생각이 들었다. 그럼, 소라도 인간을 죽인 건가? 섬뜩하면서도 그보다 조금 더 짙은 슬픔이 밀려왔다. 왠지 모르게 소라와 부쩍 가까워진 것 같았다. 하지만 소라와 단둘이 시간을 보내는 일은 드물었다. 소렌과 은수, 철수까지 다 함께 보물 탐사에 매진해야 했기에. 드디어 은수와 약속한 모든 임무를 마쳤을 때 이나는 설레는 한편, 마음이 더 다급해졌다. 하루빨리 모든 걸 제자리로 돌려놓고 싶었다.

이제 내가 제안한 일을 할 차례야.

이나가 원했던 건 경매로 나온 시현의 집을 사는 것이었다. 물론 처음부터 이 계획을 세운 건 아니었다. 그저 시현에게 도움을 주고 싶다는 생각뿐이었다. 처음에는 그게 돈이었다. 시현이 괴로운 건 돈 때문이니 돈만 있으면 해결된다고 생각했다. 잠시 남는 틈을 노려 잽싸게 집에다 보물을 놓고 온 것도 그런 이유였다. 하지만 은수와 소라의 생각은 달랐다. 오히려 부담스러워할 거라고 했다.

왜요? 도움을 주면 좋은 거 아니에요?

인간 사회는 그렇게 단순하지 않아. 널 볼 때마다 미안하겠지. 그러다 보면 너를 보는 게 불편할 거야. 그런 마음이 드는 자신에게 화가 나고 실망스럽겠지. 그러다보면 너를 보고 싶지 않을 테고. 그러니까…… 함부로 도와주면 안 되는 거야.

도움을 주고도 기피 대상이 되다니. 마음대로 도움을 줄 수도 없다니. 인간들은 정말 복잡했다. 이미 시현의 방에 두고 온 보물이 기억나서 조금 찔렸지만 되돌릴 수 없었다. 이번에 만회하는 수밖에. 그 뒤로 오랫동안 고민하면서 내린 결론이었다.

경매.

어차피 이나도 육지에 정착할 거라면 머물던

집에 사는 게 좋았다. 할 수 있다면 시현과 함께 계속 지내고도 싶었다. 문제는 복잡한 절차와 수많은 문서 작업이었다. 그건 은수에게 맡기기로 했다. 은수가 다른 전문가들을 알아보고 맡아서 처리해 주기로 했다. 그게 애초에 보물 탐사 프로젝트에 참여하는 조건이었다. 이나가 요구하는 어떤 일이든 법적 문제없이 처리해 줄 것.

시현은 유찰 소식을 들을 때마다 마음이 무너졌다. 그럴 때마다 이 집이 낙찰받는다면 어떨까 상상했다. 당장 이 집을 비우고 새로운 집을 알아볼 생각에 머리가 지끈거렸다. 무엇보다 이 모든 과정을 또다시 반복해야 한다는 사실이 끔찍했다. 부동산 사장도, 집주인도, 서류도 전부 믿을 수 없었다. 전 재산을 언제 잃을지 모른다는 불안감에 덜덜 떨며 사는 것도 진저리가 났다. 매일 이 집에 들어오는 게 끔찍했지만, 그나마 나비가 있어서 위안이 되었다. 그런데 이제 이나까지 돌아오다니. 이제야 집에 들어오는 게 괜찮아졌다. 텅 빈 집은 그저 시현을 삼켜버리기 위해 입을 벌리고 있는 지옥 구덩이라면, 나비가 있는 집은 아주 희미한 불빛이 새어 나오는 동굴, 이나까지 더한 집은 자신 있게 손을 뻗어 문을 열고 들어갈 수 있는 공간이었다. 반가움과 별개로 시현은 궁금한 게 많았다. 이나의 이야기에서 듬성듬성 구멍이 난 모든 부분을 알고 싶었다. 하지만 단 한 가지 질문만 떠올랐다.

"그래서 전부 여기로 이주하기로 결정했어?"

"그게 좀 복잡한데 나는 여기 좀 더 있을 거야."

조금 더는 얼마를 의미하는지, 이나의 무리들은 전부 오는지, 그러면 이나는 그들과 함께 사는지 궁금한 게 많았다. 물론 이나가 보물을 판 돈은 얼마나 되는지 혹시 그걸 좀 빌릴 수 있는지도 묻고 싶었지만 차마 뱉을 수 없었다. 아직 선물 받은 보석 얘기도 꺼내지 못했다. 진심을 담아 고맙다고 해야 할지, 쿨하게 잘 썼다고 해야 할지, 결연하게 꼭 갚겠다고 해야 할지 하나씩 떠올리다 지우길 반복했는데, 한번 쓸려나간 말은 다시 붙잡는 게 쉽지 않았다. 결국 아무 말도 하지 못했다. 아무 일도 없었던 것처럼.

"시현아."

"응?"

"밥 먹자."

시현은 고개를 끄덕이며 일어나 냉장고 문을 열었다. 먹을 거라곤 물과 술병이 전부였다. 이나가 볼까 빠르게 문을 닫았다. 오랜만에 장을 볼까 했지만, 시간이 늦어 배달을 시키기로 했다. 피자 한 판과 감자튀김을 주문했다. 이나는 익숙하게 일어나서 앞접시와 잔, 포크를 꺼냈다. 컵에 얼음을 채우기 위해서 냉동실 문을 열었을 땐 잠시 멈칫했다. 여전히 크기별로 얼린 작은 얼음팩 하나를 꺼냈다.

"아, 이 맛이야. 진짜 그리웠다고."

늘어진 치즈를 손으로 끊어서 입으로 쏙 집어넣으며 이나가 말했다. 맛있게 먹는 이나의 모습을 보니 시현도 괜스레 입맛이 돌았다. 음식의 온기를 빼기 위해서 이나가 입 안 가득 채운 얼음을 아그작아그작 씹는 소리도 경쾌하게 들렸다. 이 집안에 소리가 채워진 게 정말 오랜만이라는 생각이 들었다. 시현이 피자를 한 입 베어 물었다. 매콤짭짤한 소스와 쫀득한 치즈가 입 안에서 춤췄다.

"시현아."

"응?"

"심은수가 내 월세 3개월 치만 미리 냈었지?"

"응."

"근데 그러고도 3개월이 지났잖아. 그거 내야 할 거 같아서."

어차피 너는 집에 있지도 않았잖아, 그리고 보석을 두고 갔잖아, 라고 말하고 싶었지만, 시현은 입이 떨어지지 않았다. 콜라만 연거푸 들이켰다. 차라리 이나가 먼저 말을 꺼내주길 바랐다가 그러면 해명할 기회조차 사라지는 것 같았다. 그냥 먼저 썼다 하고 나중에 갚는다고 하면 되지 않을까. 최대한 자연스러운 맥락은 지금인 것 같았다.

"있지. 너가 두고 간…"

"그거 너한테 준 선물이야. 네 덕분에 내가 여기서 적응 잘할 수 있었잖아."

기가 막혔다. 선물이라니.

"그게 얼마 친 줄은 알아?"

"대충은. 근데 어차피 내가 너 보증금 줘야 하거든."

"어? 그게 무슨 소리야?"

"내가 이 집 샀거든."

낙찰자가 이나라니. 믿을 수가 없었다. 재차 이야기를 듣고도 얼떨떨했다. 하지만 시현은 이미 알고 있었다. 믿을 수 없는 일도 일어난다는 걸. 자신이 알지 못하는 수많은 일들이 이미 벌어지고 있다는걸. 다만 희망적인 쪽으론 도무지 펼쳐지지 않았을 뿐. 그 굉장한 일이 지금 시현 앞으로 뻗어 온 것이다. 그제야 행운의 기운이 느껴졌다. 점점 진하게 밀려드는 그 달콤한 향에 아찔해졌다. 피자를 들고 있던 손이 덜덜덜 떨렸다. 설마 꿈인가? 그래, 애초에 이나가 돌아온 것이, 아니 보물이 방에 놓인 게, 아니, 이나를 만난 것 자체가 말이 안 됐다. 시현은 먹던 피자를 내려놓고 고개를 세차게 흔들었다. 여전히 이나가 눈앞에 있었다. 이번엔 제 볼을 꼬집어 보았다. 아팠다. 눈물이 찔끔 났다. 아픈데 아프지 않았다. 눈을 질끈 감았다. 다시 눈을 떠도 이나가 사라지지 않았다. 그제야 눈물이 터져 나왔다. 그동안 차마 내놓고 울 수 없어서 삼켜야 했던 설움과 슬픔, 절망과 고통을 다 쏟아내고 이나가 건넨 달짝지근한 향으로 가득 채워버리고 싶었다. 그럴 수 있을 것만 같았다.

"왜, 왜? 왜 울어?"

"흐어어어엉 어떡해. 내가 너한테 이걸 다 어떻게 갚으라고. 근데…"

"어. 근데?"

"나…"

"응, 그래. 너."

"…너무, 좋아."

그 말을 뱉고 나서 시현은 한참을 울었다. 제 두 손에 얼굴을 파묻고 엉엉, 이나의 품에 안겨서 실컷, 나비를 끌어안고 또다시 한바탕. 온몸의 수분을 다 빼낸 것 같을 때 훌쩍거림을 멈췄다. 시현은 그 물기가 그동안 제 삶과 몸 구석구석에 포진해 있던 단단하고 검은 뭉치들을 전부 씻어 낸 기분이 들었다. 호흡도, 혈액도, 감정도, 인생도 술술 잘 돌아갈 것만 같았다. 이제는 더 이상 대출금 이자와 상환 날짜 때문에 전전긍긍할 필요도 없고, 받지 못할 전 재산을 떠올리며 지옥 불을 오갈 일도, 장을 볼 때마다 머릿속으로 계산기를 두드릴 필요도 없었다. 친구에게 밥 한 끼쯤은 사줄 수 있었고, 부모님

생신 때 두둑한 용돈을 보낼 수도 있었으며, 나비에게 장난감을 마음껏 사줄 수도 있었다. 무엇보다 매일 밤 악몽에 시달리며 자책에 빠져 허우적대지 않아도 됐다. 한 세계를 지나온 것만 같은 표정으로 시현은 생각했다. 장기 프로젝트를 꿈꾸는 현금 바인더를 새로 장만해야겠다고. 필라테스도 등록하고, 유통기한이 넉넉한 신선한 식품으로 냉장고를 채우겠다고. 꽤 향이 풍부하고 묵직한 바디감이 느껴지는 와인도 한 병 사서 축배를 들겠다고. 또 뭐가 있더라. 아, 이나에게 육지의 더 많은 아름다움을 보여줄 것이다. 그날 밤 시현은 아주 길고 달콤한 꿈속으로 빠져들었다. 그리고 단잠에서 깨어났을 때 시현은 은수에게 메시지를 보냈다.

'밥 먹어요, 우리. 다 같이.'

시현이 초대한 건 은수네뿐만이 아니었다. 이나와 소렌까지 모두 함께하는 식사였다. 자신을 지옥 불에서 구원해 준 모두를 위해 근사한 한 끼를 대접하고 싶었다. 큰마음 먹고 오마카세를 예약하려고 했지만, 죽은 생선을 그 돈씩이나 주고 사 먹는 걸 용납할 수 없다는 소라의 반대에 참치 무한리

필로 메뉴를 변경했다. 고급스러운 구석은 없었지만, 그래도 근방에서는 제법 맛집으로 인정받은 식당이었다. 붉은 회를 한 점 집으며 시현이 소라를 향해 입을 열었다.

"근데 이것도 죽은 생선 아니에요?"

"이건 무한리필이라며. 그리고 우리 은수랑 애아빠는 죽은 생선 좋아해. 너도 좋아한다며."

"인어나 사람이나 뭐 똑같네요."

"뭐가?"

"엄마들이요."

가족 생각하는 거?

소라의 대꾸에 이나와 소렌, 은수가 동시에 발화자를 쳐다봤다. 별말 없이 회를 우물거리는 철수와 궁금함으로 가득 찬 시현의 눈빛을 향해 심드렁하게 입을 연 건 소렌이었다.

"가족 사랑하는 게 엄마들 특이래. 아, 이런 이상한 말은 직접 해요. 통역하게 하지 말고."

"논리가 이상한 게 똑같다는 소리였거든요!"

어이없다는 듯 받아치는 시현의 말에 다들 까르르 웃음을 터뜨렸다. 소라만 독기 없는 눈으로 살짝 째려봤지만, 부드러운 표정이었다. 이어 기름기가 고소하게 밴 살점 하나를 시현의 앞접시에 올려주었다. 은수는 별말 없이 젓가락질을 이어갔지만, 가끔 입꼬리를 씰룩거렸다.

들어오는 손님마다 시현의 테이블에 시선을 던졌다. 식사를 하면서 힐끔대는 사람도 있었다. 제각기 다른 얼굴이었지만, 비슷한 온도를 품고 있었다. 시현의 테이블이 기이하다고 생각하는 눈빛. 시현은 자신과 음식을 나누고 술잔을 기울이는 존재들을 바라봤다. 풍성한 식사를, 맛있는 시간을 채우는 그들을. 서로 다른 명도의 피부색과 눈동자 색, 언어와 말투, 목소리와 옷차림 모두 스펙트럼을 펼쳐놓은 것처럼 달랐다.

누군가가 구석에 켜져 있는 TV 채널을 돌렸다. 경쾌하게 흐르던 트로트는 단정한 뉴스로 바뀌었다. 흔한 형사 사건 결과 브리핑이었다. 평소라면 그냥 스쳐 지났을 이야기였다. 그런데 시현의 귀에는 한 단어가 꽂혔다. 전세. 테이블에서 시선을 거

뒤 TV 화면을 바라봤다. 이나도, 은수도, 소라도, 소렌과 철수도 동시에 시선을 돌렸다. 사기 혐의로 기소된 전세 사기범들에게 내려진 형량은 2년 남짓. 그보다 적게 받은 이도 있었다. 시현은 젓가락을 내려놨다. 그때부터였다. 이 모든 문제가 사라지면 너무도 행복할 것만 같던 시현의 삶이 삐걱거리기 시작한 건.

"너가 좋아할 줄 알았어."

"좋아. 정말. 고마워. 진짜로."

이나를 향해 좋다고 말했지만, 시현은 정말 좋은지 알 수 없었다. 폭우처럼 비애가 쏟아지는 건 아니었지만, 안개 같은 불안이 일상에 짙게 깔린 기분이었다. 여전히 흐릿하고 축축한 미로를 헤매는 것 같았다. 몸속에서 겨우 끌어냈던 검댕이가 몸 밖에서 시현을 잡아당기는 기분이었다. 분명히 덜 불행했지만, 명확히 행복하진 않았다. 그래도 노력했다. 행복해지기 위해서. 필라테스도 다시 등록하고, 유튜브도 시작했다. 수영과 점심에 맛있는 것도 가끔 사 먹고, 이나와 핫플레이스도 종종 들렀다. 만다라트, 버킷리스트도 작성하며 미래를 꿈꿨다.

모두 소용없었다.

　시현은 그동안 알람을 끄고 확인하지 않았던 빌라 전세 피해자 단톡방에 들어갔다. 쌓인 수백 개의 대화를 읽어갔다. 시현은 이나라는 행운이 있었지만 그걸 쥐어보지 못한 이들은 여전히 그곳에서 울부짖고 있었다. 크게 소리를 내지 않았지만, 토해낼 힘조차 없는 그 격한 분노를 시현은 누구보다 잘 알고 있었다. 시현을 그토록 축축하게 끌어당긴 건 그칠 수 없는 그들의 눈물이었다. 시현은 보고 싶었다. 가해자의 얼굴을. 엘리베이터에서, 복도에서, 단톡방에서 스쳐 지나간 수많은 이웃의 생에서 웃음을 앗아간 그 빌런을. 그자는 가벼운 형벌조차 받지 않았다. 민사 소송이라도 진행하자는 말이 나오긴 했었지만 이미 모든 에너지를 소진한 시현은 손가락 하나 들 힘도 나지 않았다. 당장 눈앞에 당면한 빚을 청산하기에도 지쳤다. 그런데 절망에 흩어졌던 분노의 불씨가 이제야 다시, 점점 타올랐다. 통장엔 2만 9천 원밖에 없는 파산 신청자 집주인은 멀쩡한 집에서 살고 있다고 했다. 집주인 가족 명의로 된 집이었다. 시현은 그 집으로 당장 향하고 싶었다. 그 뻔뻔한 낯짝에 하고픈 말이 많았다. 내용 없는 욕만 잔뜩 내뱉었다가 논리적으로 요목조목 반박했다가… 수없이 많은 시나리오를 썼지만, 어느 것 하나 제대로 실행하지 못했다. 뭘 해도 성에 차지 않았다. 예상치 못한 시나리오의 집필과 연출을 맡은 건 은수였다.

은수는 불쑥 이나에게 집주인 얘기를 꺼냈다. 다른 혐의로 수사선상에 오른 집주인이 밀항을 계획하며 은수에게 접촉을 시도해 왔다는 것이었다.

"그래서 어쩌려고요? 불법은 안 한다면서요."

"응. 안 하죠. 근데 편법은 해요. 항상 그게 돈이 되거든요."

은수는 착수금 500만 원을 받고 보물선 탐사배에 집주인을 태웠다. 중국 선박으로 갈아탈 수 있게 집주인을 중국 인근 공해까지 태워주겠다 약속했고, 만약의 상황을 대비해서 잠수복까지 입히고 산소통과 마스크, 오리발도 준비해 주었다.

"근데 왜 구명조끼가 아니라 잠수복이에요?"

"혹시 단속이 뜰 수도 있으니까요. 워낙 불시라. 요즘은 더 심해졌거든요. 만약에, 아주 아주 만

269

약에, 그럴 일은 없겠지만 긴급 상황이 발생하면 제가 사인을 보낼 거예요. 그때 이 산소통을 메고 뛰어들면 돼요. 시간이 지나고 잠잠해지면 다시 올라와요."

은수의 설명에 집주인은 만족스러운 듯 고개를 끄덕였다. 어둠이 짙게 깔린 바다는 아무것도 보이지 않았다. 너와 내가 구분이 되지 않을 만큼.

바닷속에서 배를 따라가던 이나는 하늘을 올려다봤다. 잘게 부서진 별이 여기저기 빛나고 있었다. 저게 은하수일까, 이나는 홀로 생각했다. 아마 아니겠지. 인터넷으로 찾아봤던 것보다 훨씬 옅고 덜 눈부셨다. 아주 짙은 빛은 그보다 아래쪽, 바다 위에서 보였다. 자연이 만들어 낸 빛이 아니었다. 해경이었다. 점점 커지는 빛 속에서 당장 멈추라는 해경의 지시가 들려왔다. 선박 키를 쥐고 있는 은수는 집주인을 힐끗 봤다.

"미쳤어? 절대, 절대 세우지 마."

은수는 조용히 손을 내밀었다. 집주인은 현금 다발을 한 뭉치 내밀었다. 그제야 은수는 씩 웃으며 속도를 올렸다. 하지만 해경도 만만치 않았다. 30

분가량 쫓고 쫓기는 상황이 연출되었고, 그러는 동안 은수는 집주인에게 몇 번의 돈다발을 더 뜯어냈다. 하지만 더는 힘들었다.

"도저히 안 되겠는데요. 이러다가 기름이 바닥나서 바다 위에서 죽거나 잡혀 들어가거나 하겠어요. 일단 수색하는 동안 뛰어내리세요. 여긴 어떻게든 내가 수습해 볼 테니까."

집주인은 구시렁거리면서 산소통을 메고 바다로 뛰어들었다. 부글부글. 집주인 입에서 물방울이 터졌다. 난생처음 검은 바다에 뛰어든 집주인은 심장이 잔뜩 오그라드는 기분이었다. 더구나 너무 추웠다. 겨울은 육지보다 바다가 더 따뜻하다 하지 않았나, 몸을 떨며 집주인은 생각했다. 그때, 뜨거운 빛이 스쳤다. 화려하게 반짝이는 무엇. 이나와 소렌이었다. 집주인은 유연하게 움직이는 그들의 꼬리와 거기에 달린 비늘의 반짝임을 홀리듯 바라봤다. 이나와 소렌은 더 깊이 바닷속으로 헤엄쳤다. 집주인은 그들을 따라 방향을 틀어 움직였다. 점점, 계속, 아래로, 내려갔다. 이나와 소렌은 보물선으로 다가갔다. 부서진 선박의 비좁은 틈 사이로 부드럽게 미끄러져 들어가는 그들을 따라 집주인은 배의 구멍 앞에 섰다. 넉넉하지 않은 크기에 살짝 망설임을 비치자 이나는 닫힌 상자를 활짝 열어젖혔다. 그 속에서 튀어나오는 반짝거림이 선박 바깥에서 머뭇거리던 집주인의 시선을 단박에 사로잡았다. 작은 구멍으로 당장에 몸을 집어넣었다. 슥 빠져나올 것 같던 집주인의 몸은 두툼한 뱃살에 걸렸다. 그러면서도 손을 뻗어 그 반짝임을 쥐어보려 바둥거렸다. 산소통의 산소는 점점 바닥을 드러내고 있었다. 집주인은 속으로 조금만 더, 아주 조금만 더, 라고 외치며 손을 뻗었고, 그럴수록 얼굴 쪽에선 물거품이 일었다. 더 세차게, 많이. 보글보글 거리는 물방울 사이로 집주인의 절규가 흩어졌다.

조금 더.

부글부글.

아… 안 돼.

버둥대는 집주인을 바라보던 이나는 불쑥 화가 났다. 밤마다 시현의 방에서 흘러나왔던 신음 소리와 흐느낌이 들려왔다. 힘없이 축 처진 어깨와 푹 꺼진 눈이 둥둥 떠다녔다. 바다에 빠진 사람 이야기

와 바다에 뛰어들었던 인간도 아른거렸다. 뜨거운
게 치밀어 올랐다. 탐욕스럽게 파닥이는 집주인의
다리를 향해 송곳니를 드러냈다. 저 인간을 용서할
수 없었다. 그리고 싶지 않았다. 소렌이 말리려 했
지만 이미 이나는 집주인에게 바짝 다가간 상태였
다. 급한 마음에 먼저 음파를 내질렀다.

안 돼! 하지 마!

그때 무언가가 희번뜩 빠르게 스쳤다. 정확히
는 이나를 낚아채 집주인으로부터 떼어냈다. 뭐지?
이나와 소렌은 동시에 서로를 바라봤다.

너도 봤어?
어.
인어… 맞지?

소렌은 고개를 끄덕였다. 엄청난 속도와 힘.
은빛 머릿결. 나이와 성별, 감정과 의도 모두를 알
아차릴 수 없을 만큼 빠르고 기묘했다. 여전히 집주

인은 바둥거리고 있었다. 보물에 가까이 가려 할수록 몸은 더 거칠게 움직여 댔고, 그럴수록 나무 선박에 몸이 더 끼이고 찢어졌다. 벌어진 상처 사이로 피가 흘러나왔다. 육식 포식자의 피비린내가 바다 포식자를 불렀다. 백상아리가 나타났다. 포식자를 보자 집주인은 온몸을 바들댔다. 그럴수록 보글대는 물거품이 더 많이 뿜어져 나왔다. 그 사이로 집주인의 비명이 흩어졌다. 백상아리가 입을 벌렸다. 붉은 물거품이 일었다. 포식자가 지나간 자리는 뜯기거나 부서졌다. 보물선의 잔해는 나풀대는 집주인 몸 위로 와르르 쌓였다. 어류와 벌레, 조개와 세균들이 전부 몰려들기 시작했다. 곧 파티가 시작될 예정이었다.

육지 위의 삶은 계속되었다. 시현은 빛바랜 첫사랑과 두 번째 사랑을 시작했다. 첫눈에 반해 시현이 가진 모든 걸 바쳤으며, 매일 매일 들여다보며 필요한 것들을 하나씩 채워 넣었던, 하지만 결국 시현을 불구덩이 속으로 던져 새까맣게 태워버렸던 그 첫 인연과. 그사이에 비워낸 공간을 새로운 것들로 채우기 시작했다. 이나를 위해 산호초와 니모를 넣은 커다란 해수 어항을 들이고, 나비를 위해 그대로 둔 담수 어항 옆에 캣타워도 세웠다. 여전히 가장 사랑하는 건 맛있는 식사와 티타임이었다.

"테이블 엄청 큰 걸로 바꿀까 봐. 의자도 아예 긴 걸 하나 사고."

"갑자기 왜?"

"은수네랑 소렌 초대할 때마다 너무 비좁잖아. 바다에서 또 새로운 애들 오면 같이 밥 안 먹을 거야?"

이나는 시현의 오지랖에 고개를 저으며 아메리카노 한 모금 삼켰다.

"아, 육지의 맛이야."

"쓰단 소리야?"

"응. 어어어엄청. 근데 향기롭고 묘해. 자꾸 생각나."

시현은 씩 웃으며 고개를 끄덕였다. 마주 보고 웃는 두 사람의 얼굴 위로 반짝이는 햇살이 부서져 내렸다.

담아의 꿈

다양성. 내가 배운 수업에서 이 단어는 긍정을 의미했다. 그런데 이상했다. 일상에서는 다수와 다르다는 게 피로나 유난, 성가심으로 번역되는 순간이 많았다. 약점이 되기도 했다. 연약한 부분을 파고들어 혐오와 차별로 번지는 장면을, 그 속에서 흐느끼는 존재를 볼 때마다 두려워졌다. 그럴 때면 내가 가진 모든 것들을 하나씩 살폈다. 많은 사람들과 비슷한 지점, 혹은 많은 이들이 좋아할 만한 요소들을 열심히 찾아보았지만 아무리 들여다봐도 손가락을 다 채우지 못했다.

조금 슬펐다. 서로 다른 우리는 정말 함께 행복해질 수 없는 걸까. 다름이 풍요로, 멋짐과 성장으로 번역되는 사회를 상상했다. 온전하지 않은 개별 존재가 만나 모르던 서로의 세계를 알아가고, 그로 인해 더 풍성한 기쁨을 마주하는 삶을 꿈꿨다. 이 이야기는 거기에서부터 시작되었다. 오랫동안 하고 싶었던 이야기였다.

　　내가 상상하는 것과는 다른 방식으로 존재할 수많은 이나와 시현, 은수와 소라, 소렌과 로빈을 떠올리며 이 이야기를 썼다. 쓰는 내내 어디에선가 나름의 삶을 살아갈 그들이 행복하길 바랐다. 글이라는 게, 소설이라는 게, 더구나 장편 소설이라는 게 마음만으로 되는 일은 아니라 서툰 능력으로 다급한 일정에 맞춰 쓴 이 글을 볼 때마다 조금 부끄러울 것 같다. 다만 나의 무지로 누군가에게 상처로 남는 문장이 없기만을 바랄 뿐이다.

　　창작을 한다는 건 수많은 사람들에게 빚을 지는 일이라는 생각이 든다. 하나의 이야기를 쓴다는 건 결국 누군가가 살아낸 삶의 조각을 건져내어 그럴싸하게 엮어내는 작업이니까. 그들에게 진 빚을 갚는 마음으로 다양한 삶을 성실하게 들여다보며 부지런히 배우려고 한다. 두 번째 소설은 덜 부끄러울 수 있도록.

　수많은 사람들의 도움으로 끝까지 쓸 수 있었다. 오랫동안 머금은 이야기였지만 글로 풀어내는 건 또 다른 일이었다. 처음부터 이런 형태의 이야기는 아니었다. 애초에는 이나가 혈혈단신으로 육지에 기후 난민으로 온 단편을 썼고, 오디션 기획안을 작성하면서 은수와 시현의 캐릭터를 만들었다. 갑자기 장편으로 바뀌었을 때 은수를 주인공으로 이야기를 확장해 보려 했으나 이야기는 계속 삐거덕거리기만 했다. 그 모든 과정에서 제대로 정리되지 않았던 엉킨 글을 애정으로 끝까지 읽어준 친구들에게 유독 고맙다. 나보다 나를 더 믿어주며 수없이 흔들릴 때마다 격려와 응원을 아끼지 않았던 가족과 친구, 동료 모두에게 이 지면을 빌려 감사의 마음을 전하고 싶다. 혹시 이 글을 읽으면서 그게 내가 아닐까 싶다면 아마 맞을 것이다. 감사하다. 당신이 내어준 물적, 심적 격려와 지지로 여기까지 올 수 있었다. 나를 스쳐 간 모든 존재가 남긴 흔적들이 이 이야기에 스며 있으니 지난날 상처를 남기고 간 이들에게도 고맙다는 말을 전하고 싶다.

오랫동안 능력주의 신화에 기대어 살아왔고, 지금도 온전히 벗어나지 못했지만, 이제는 안다. 이 세상엔 노력과 능력만으로 되지 않는 일이 참 많음을. 때로는 타이밍이라는 운명과 인연이라는 우연이 겹쳐 만들어 내는 기적이 필요하다는 것을. 나는 이 이야기가 낯선 독자에게 닿은 게 작지만 커다란 기적이라고 생각한다. 조금 더 욕심을 내어 당신의 마음에 이 글이 머무는 또 다른 기적을 꿈꿔본다.

기꺼이 제 생명을 내어준 나무와 선뜻 귀한 시간을 내준 독자들에게 미안하지 않을 글을 쓰고 싶다. 오랫동안.

나와 다른 당신이 행복했으면 좋겠다. 서로 다른 우리가 함께 웃을 수 있었으면 좋겠다. 오래도록.

2024년, 새로운 봄
정담아

인어의 꿈

초판 인쇄 2024년 7월 1일
초판 발행 2024년 7월 1일

지은이 정담아
펴낸이 사공훈
편집 은현희
디자인 강우정
기획 김명준
지원 F83프로젝트
후원 2023 목포문학박람회
펴낸곳 주식회사 오티디코퍼레이션
출판등록 2023년 9월 19일 제2023-000092호
주소 서울특별시 용산구 대사관로34길 21 영풍빌딩 5층(한남동)
대표전화 070-8822-2412 | **전자우편** anb_publish@otdcorp.co.kr
ISBN 979-11-987913-3-7 (03810)